隠れ御曹司の手加減なしの独占溺愛

プロローグ　不埒《ふらち》な罠は夜に溶け込む

弄月荘《ろうげつそう》――美しい日本庭園と、行き届いたサービスで高い支持を受ける老舗《しにせ》ホテルだ。外国人観光客の人気も高い。

古くは月の名所として俳句に詠《よ》まれたこともある日本庭園で、戦前は貴族院の議長を務めた大物政治家の別邸だった。しかし戦後、観光事業やホテルを多角経営する真嶋《ましま》興業、後のマシマホールディングスの所有となり、併設したホテルの一部となった。現在は庭園に手を加えて宴会場や結婚式場としても利用されている。

「……」

七月のある夜。

八方塞がりな状況に煮詰まって必要のない検索をしていた千羽香奈恵《せんばかなえ》は、深いため息と共に目頭を揉んだ。

人気《ひとけ》のないオフィスは節電のために半分照明が落とされていて、それが香奈恵の気持ちをより一層陰鬱《いんうつ》なものにしている。

パソコンのモニターに表示されているのは、ホテル巡《めぐ》りが趣味という個人ブロガーのサイトで、弄月荘の簡単な解説文の後には、ありがたくもホテルを褒《ほ》める文が続く。

しかもその書き込みの下には、弄月荘で挙式をした人からの賞賛のリプライが付けられていた。

普段なら仕事の励《はげ》みになるそれらの言葉が、今はただただ辛い。

「明日の式、どうしよう……」

香奈恵は、パソコン上部に表示される時間を確認して唸《うな》る。

というのも、明日、香奈恵がプランニングを担当した挙式で、生演奏する予定のバンドの手配ができていないからである。

正しくは、香奈恵は新郎新婦の要望に沿ったジャズバンドの手配を滞《とどこお》りなく済ませていた。しかし、直前になってそのバンドメンバーの半数が体調を崩し、当日の演奏を断念せざるを得なくなったのである。

バンド側がその旨を伝えてきたのは式の二日前。その時点で香奈恵に情報が上がってきていれば、代わりのバンドを手配することもできただろう。

だが連絡を受けた部下の西村晶子《にしむらあきこ》が、そのことをすっかり忘れていたのを今日の帰り際になって思い出し、香奈恵に報告してきたのである。

しかも本人は、青くなる香奈恵をよそに「私がいてもなんの役にも立ちませんし、約束があるので対応はチーフにお任せします」と、定時でいそいそと帰ってしまった。

晶子は数日前から、今日は優良物件との合コンがあるとはしゃいでいた。そんな彼女を無理に残らせたところで、恨み言を口にするだけだろうと引き止めなかったけれど、彼女がちゃんと連絡してくれていたらという香奈恵の恨み言はどうしても残る。

「ついでに言うと、これはプチブライダルの仕事じゃないし」

一人でマウスを操作しているうちに、つい愚痴が口から溢《あふ》れてしまう。

香奈恵は今、この弄月荘のブライダル部門で自分が立案から携《たずさ》わっているプチブライダルという企画のチーフを任されている。とはいえ、残念ながらプチブライダルの仕事はそれほどないため、普段は香奈恵とその下で働く二人の部下は、他のブライダルスタッフと一緒の業務を担《にな》うことが多い。

――それにしても、西村さんって堀江《ほりえ》さんを狙っているんじゃなかったの？

情報を求めてマウスを操作しつつ、そんなどうでもいいことを考える。

堀江さんこと堀江雅之《まさゆき》は、晶子同様、香奈恵の部下の一人だ。部下といっても、中途採用で入ってきた雅之の方が、二十七歳の香奈恵より六歳ほど年上である。

外資系大手金融機関からキャリアチェンジしてきた彼は、長身で均整の取れた体つきをしていながら、野暮ったい眼鏡と長めで無頓着《むとんちゃく》な髪型のせいで、全体の印象をやや残念なものにしている。

イケメンといった印象はないが、ふとした拍子に眼鏡の隙間から見える切れ長の目は綺麗な形をしていた。

ついでに言うと性格は至って温厚で、仕事でがつがつ前に出てくるようなこともなく、性別や年齢を気にせずに上司の香奈恵を立ててくれる良い部下である。

カテゴリーで分類するなら、「性格イケメン」といったイメージだろうか。

そんな雅之に、晶子はことあるごとにアプローチしていた。

常々、「夢はイケメンセレブとの結婚！」と豪語して、挙式の打ち合わせに来る新郎にまで色目を使うような晶子の行動としては、少々意外である。もしかすると、彼女にとって恋愛と結婚は別なのかもしれない。

なんにせよ、今日はその雅之が休みだったこともあり、晶子は朝からやる気がなく、頭の中は夜の合コンのことでいっぱいのようだった。

雅之が出勤していれば、少しくらいはバンドを探す手伝いをしてくれたかもしれないけど……

「いかん、いかん」

当てのない探し物に疲れた思考は、どうでもいいことばかり考えてしまう。

香奈恵は軽く首を横に振り、思考を引き戻す。

このままでは、明日の披露宴《ひろうえん》の参列者だけでなく、ネットで評価してくれる人たちの思いまで裏切ってしまうことになる。

自分のせいで弄月荘の評判を落とすわけにはいかないし、それ以上に、あれだけ入念な打ち合わせを重ねてきた新郎新婦をがっかりさせてはならない。

なにか打開策はないだろうかと、再び思いつくワードを打ち込んではマウスを動かしていると、オフィスの扉が開く音がした。

もしかして晶子が戻ってきたのだろうかと振り返ると、ドアノブに手を掛け、片足だけ事務所に踏み入れた状態で動きを止めた男性と目が合った。

「なんだ、堀江さんか……」

野暮ったい眼鏡をかけた背の高い男性の姿に、ついそんな言葉が漏れてしまう。

「なんだとは、失礼ですね。他の誰かを期待していたんですか？」

冗談めかした口調で抗議してくる雅之は、どこかいつもと雰囲気が違って見える。

その答えを求めて、香奈恵は雅之の頭の上からつま先へと視線を走らせた。

今日の彼は、野暮ったい眼鏡はいつもと同じだけど、普段は無頓着《むとんちゃく》な印象の髪をワックスで整え、服は清潔感のある白地のTシャツに黒のセットアップを着ている。

髪型と服装だけで、人はここまで印象が変わるのかと驚いていると、雅之がクシャリと、前髪を掻き上げて笑った。

「……？　俺の顔になにかついてる？」

「……いいえ」

大人の余裕を感じさせるその笑い方に、香奈恵は妙にソワソワした気分になってパソコンへ向き直る。

――どうやら彼は、休日をしっかり楽しんできたらしい。

理解不能な違和感の理由を、そういうことにしておく。なにより、今はそんなことに気を取られている場合ではないのだ。

「チーフはまだ仕事？」

オフィスに入ってきた雅之が背後に立つ気配がする。

「ええ。少しトラブルがあって。……堀江さんは、休みの日にどうしたんですか？」

軽く腰を捻《ひね》って振り向くと、雅之は香奈恵のデスクと背中合わせの位置にある自分のデスクに手をかけていた。

「ちょっと忘れ物をして」

職場の肩書きは一応香奈恵が上になるが、年齢的にも社会人経験においても雅之の方が上なため、つい敬語で話してしまう。対する雅之は、状況によって香奈恵に対する言葉遣いを分けていた。

仕事中は敬語で話しかけてくることが多いが、世間話をする時などは砕けた口調になる。休日の今日は、声のトーンからして後者のようだ。

検索作業を再開する香奈恵の背後で、彼が自身のデスクを漁《あさ》る気配がする。

「トラブルって？　俺になにか手伝えることは？」

引き出しの中を漁《あさ》りながら、雅之が聞いてくる。

「一人で大丈夫です」

連絡ミスをした晶子が手伝うならともかく、下手《へた》に事情を話して休みの彼に仕事をさせるわけにはいかない。

軽い口調で返した香奈恵に、背後の雅之が動きを止めた。

「……」

背中に感じる視線に居心地の悪さを覚えて振り返ると、案の定、じっとりとした眼差しを向ける雅之と目が合う。

「チーフ、また一人で問題を抱え込んでいませんか？」

「別に……」

眼鏡越しに向けられる眼差しが痛い。それでも立場的に、休日の彼に頼るわけにはいかないのだ。

香奈恵が視線を逸らして黙り込むと、雅之は大きなため息を吐いて乱暴に髪を掻き回す。そして香奈恵に困った顔を見せた。

「そうやって自己完結するの、チーフの悪い癖だから。もっと素直に助けを求めてくれないと、こちらも助けようがない」

確かにそれは香奈恵の悪い癖なのかもしれない。

自分が頼ることで他の人の負担が増えては申し訳ないと、ついなんでもかんでも一人で背負《しょ》い込んでしまう。そうやってオーバーワーク気味に働くことを、これまでも雅之に指摘されたことがあった。

「本当に困った時は、ちゃんと頼らせてもらいます。でもこれは、私一人で対応できる範囲のトラブルだから」

駄目だとわかっていても、人間、そう簡単に性格は変えられない。

気にしなくて大丈夫だと軽い口調で返すと、雅之が眼鏡の縁を押さえて再び深いため息を吐いた。

そうやって物言いたげな視線を向けられると、気を遣って彼に頼らない自分が、逆に悪いことをしている気になってくる。

居たたまれなくなって、その視線から逃れるように再びパソコンに向き直った。

そうやってやんわりと拒絶の態度を示すことで、雅之が諦めて帰ってくれるのを待っているのに、一向にその気配がしない。それどころか、雅之の気配がより近くなった気がした。

香奈恵が振り返るより早く、彼が背後から覆《おお》い被さってくる。

「――っ！」

突然のことに驚いて、香奈恵は身を硬くする。

雅之はそんな香奈恵に構うことなく、マウスを持つ香奈恵の手に右手を重ね、左手を肩にのせた。

「大したことないなら、こんな時間まで仕事してないでしょ……」

仕事の時はセミロングの髪をきっちりとシニヨンに結い上げているため、無防備に晒《さら》された首筋に彼の吐息がかかる。

「ちょ……近いっ」

香奈恵のことを異性とカウントしていないのか、雅之は抗議を無視して重ねた右手を動かしていく。

そうなると自分一人が過剰に意識しているようで、反応しにくい。

どうしたものかと腰を無理やり捻《ひね》って雅之を見上げると、真剣な彼の表情が目に飛び込んできた。

喉仏の目立つ首筋、普段ならスーツの襟《えり》で見えにくい場所に小さな二つのホクロがある。それに、普段は眼鏡に目がいって気にしていなかったが、唇の右下にあるホクロが妙に色っぽい。

いつもと違う距離のせいなのか、部下に男の色気を感じてしまう。

もしくは、恋愛経験が少なすぎる自分の脳が、過剰反応しているのかもしれない。

――落ち着け、私っ！

香奈恵は唇を強く噛んで自分を叱咤《しった》する。

しかし、普段はほのかな整髪料の香りしかしない彼から、存在感を誇示するような甘い香りがしていることに気付いてしまい、どうしても鼓動は加速していく。

「ジャズの演奏家を探している？」

ひとしきりパソコンを操作した雅之が、そう言ってこちらに視線を向けた。

先ほどからネット検索で目星をつけては関係者に連絡を取るという作業を繰り返していたので、検索履歴から香奈恵がなにをしていたのか推測したようだ。

「それは……」

「今さら隠したって、どうせ明日になればわかることだよ」

彼の口調がいつもより砕けているのは別に構わないのだけど、距離感がおかしいように思えて落ち着かない。

「……そうですね」

確かに一緒に仕事をしているのだから、明日、彼が普通に出勤すればどのみちバレることだ。それなら、これ以上隠しても意味はない。

渋々認めた香奈恵に、雅之は軽く顎《あご》を動かしてその先を促《うなが》してくる。

香奈恵は仕方なく、相談とも愚痴ともつかない口調で、こんな時間まで一人でオフィスに残っていた経緯を説明した。

全てを話し終え、そろそろ手を離してほしいと、さりげなくマウスを持つ手を動かすけれど、困ったことに雅之が察してくれる気配はない。

「……なるほど。電話をかけるのを手伝おうか？」

手を重ね、体を密着させたままの姿勢で、雅之が問いかけてくる。

香奈恵が首を横に振ると、「部長に報告は？」と離れた位置のデスクに視線を向けた。

「報告はしたけど、部長も今日は休みで出先だから、こちらに対応を任せたいって」

「今日は、仏滅だからなぁ」

香奈恵の返答に、雅之が唸《うな》る。

ブライダル関係の仕事は、土日や祝日が忙しい分、仏滅などゲンが悪いとされる日は比較的仕事が少ない。

それもあって、仏滅の今日は、部長も雅之も休みを取っていた。

「部長も私に一任したんです。だから堀江さんも、気を遣わないで帰ってください」

香奈恵の首筋に、再び雅之の不機嫌な吐息が触れる。

「チーフ一人で責任を負うにしても、タイムスケジュールを考えたら、もうアウトじゃないか？」

肩に置いていた手を離し、雅之は腕時計を確認する。その動きにつられて香奈恵も壁掛け時計に視線を向けると、時刻は午後九時になろうとしていた。

確かに、今から新郎新婦の要望に合ったクオリティーのバンドを見つけられたとしても、曲の打ち合わせなどの時間を考慮するとかなり厳しい。

こちらで打てる手としては、生演奏を諦めてＣＤに頼るか、ホテルで契約しているピアニストに曲をアレンジして演奏してもらうかになるが……

どちらの代替案になったとしても、弄月荘側はクライアントの希望に沿った挙式を提供できなかったお詫びとして、値引きやその他のサプライズで誠意を示すことになる。

だが新郎新婦にとって、明日の挙式は人生の特別な一日だ。できることなら、そんな足し算引き算で帳尻を合わせるような提案をしたくない。

「先方へのお詫びの報告、こっちでしょうか？」

時計を見上げていると、雅之にそう聞かれた。

香奈恵は謝罪が嫌で粘っているわけではない。

「必要なら、自分でちゃんと謝罪するから気にしないでください。これは、そういうことじゃないから」

香奈恵が悔しさからマウスを持つ手に力を入れると、不意に重ねられていた手が離れる。

姿勢を戻した雅之は、自分を見上げる香奈恵に向かって、右手でピースサインを作った。

——なんのピースサイン？

訝《いぶか》る香奈恵に、雅之は意味深に口角を持ち上げた。

「チーフには、二つの選択肢がある」

そう言って彼は、右手のピースサインを揺らす。

どうやらこの二本の指は、選択肢の数を表しているらしい。

「どんな？」

素早く反応する香奈恵に、雅之の笑みが深まる。

普段とは異なる彼の表情に警戒しなくもないが、今はこの状況を打開する策があるのなら聞き逃すわけにはいかない。

椅子を回転させて座ったまま向き合った香奈恵に、雅之は満足げに目を細めた。

無言で相手の言葉を待っていると、雅之は二本の指のうち一本を折り曲げて言う。
「一つは、新郎新婦に妥協してもらってＢＧＭは生演奏でなくＣＤを流す。もしくはピアノのの
の演奏に切り替える。……こういった不測の事態における演出内容の変更については、契約書に明
記してあるのだから、こちらは連絡が遅くなったことへの謝罪をし、料金を割り引くというのが妥
当な対応だ。話を聞く限り、今回のことはチーフ一人の責任じゃないし、結果に対して罪悪感を覚
える必要はない」
それは、最終手段として何度も香奈恵の頭を掠めていた。
だけど……
「新郎新婦は、ジャズ好きが縁で知り合ったそうです。招待客にもジャズ好きな人が多いそうで、
式ではどうしてもジャズの生演奏を聴かせたいと仰《おっしゃ》っていて……」
これまでの打ち合わせを思い出し、二人の生演奏に対する思い入れを無下《むげ》にしたくないと視線で
訴える。
そんな香奈恵の眼差しを受け止めた雅之は、仕方ないといった様子で優しく微笑む。
「もう一つは……」
一度折り曲げた指を伸ばして、雅之は言葉を続ける。
「チーフに代わって、自分が最高のジャズバンドを手配します」
「え？」

そんなことが、できるのだろうか……

香奈恵だって夕方から今まで、できる限りの手を使って各所に問い合わせていたのだ。それでも急な依頼で時間がないことと、希望する演奏リストの難しさから引き受けてくれるバンドを見つけられずにいた。

失礼かもしれないが、自分ができなかったことを雅之ができるとは思えない。同じ業界から転職したというならまだしも、彼は、去年まで畑違いの金融系の仕事をしていたのだ。

思わず疑うような視線を向けてしまうと、雅之が右側の口角を持ち上げて、癖のある笑みを浮かべて言う。

「その代わり、チーフには俺のお願いを一つ叶えてもらいたい」

いつも以上に砕けた雰囲気の彼に対し、本能的に身構える。

「……なんだか、悪巧みの匂いがするんですけど」

警戒する香奈恵の眼差しを楽しむように、雅之は笑って返す。

「否定はしないな。だけど、どちらを選択するかは、チーフの自由だよ？」

そう言って、彼は二本立てた指を自分の唇に添えた。

そしてタバコの煙を吐くように香奈恵に細い息を吹きかけ、ゆっくりと目を細める。

不意に、自分の知る堀江雅之とはこんな人だっただろうかという疑問が湧いてくる。

——堀江さんの皮を被った、まったくの別人を相手にしているみたい。

なんだか、悪魔に契約を持ちかけられているような気になってくる。

古今東西、悪魔と契約を交わしたらろくな結果にならないのは周知の事実だ。

しかし、どうしても新郎新婦の願いを叶えたいと思っている香奈恵には、初めから選択肢は一つしかない。

「その場合、私はどんな願い事を叶えればいいの？」

警戒しつつ問い返す香奈恵に、雅之は勝者の笑みを浮かべて願いを口にした。

「……そんなことでいいの？」

雅之の願いを聞いた香奈恵は、拍子抜けしたような声を上げる。

もちろん多少の抵抗を感じる要望ではあるが、悪魔との契約をイメージしていただけに、なんだそんなことかと思える内容だった。

キョトンとして瞬《まばた》きをする香奈恵に、雅之は二本の指で顎《あご》のラインを撫でて同じ言葉を繰り返す。

「そう。家族との食事会で、一日だけ俺の恋人のフリをしてもらいたい」

「どうして？」

「色々と事情がありまして。家族には一度、恋人を紹介しておきたいんだ」

雅之は面倒くさそうに息を吐く。

その表情に、香奈恵はなんとなく察するものがあった。

何故なら彼女自身、似たような悩みを抱えているからだ。両親はともかく、地方で農家を営む祖父母は、香奈恵の年齢なら結婚しているのが普通だと言って譲らない。

そんな祖父母に、バカ正直に結婚以前の問題として恋人もいないと報告した結果、痛々しい眼差しを向けられると共に、あれこれ見合い話を持ってこられて大変迷惑している。

もしかしたら雅之も、自分と似たような状況なのかもしれない。

「一日だけでいいんですよね？」

念を押すと、雅之は「一日だけで十分」と断言する。

「……」

それならば……と、思う反面、なにか心の片隅に引っかかるものがあって、すぐに頷くことができない。

「どうかした？」

返事を待つ雅之が、柔らかな微笑みを浮かべて首を傾ける。

そんな彼を上目遣いに見ながら、おずおずと口を開いた。

「なんか今日の堀江さん、いつもと感じが違うんですけど……」

「気のせいじゃない？」

軽く顎《あご》を上げて、どこか楽しんでいるようなその表情は、妙に色っぽい。

普段なら「性格イケメン」の彼の提案を素直に受け入れるところだが、今日に限っては、なにか裏がありそうで警戒してしまう。

返事を躊躇《ためら》う香奈恵に、眼鏡の向こうの雅之の目が細まった。

「チーフから見て、一日限定の恋人役も引き受けたくないくらい、自分が男としての魅力に欠けているならそう言ってくれていいですよ。傷付いたりしませんから」

控えめな発言をする雅之だが、表情にはしたたかなものを感じる。

とはいえ、躊躇《ためら》ったところで、香奈恵には選ぶ道は一つしかないのだ。

「いいえ、お願いします」

藁《わら》をも掴む気持ちで告げると、雅之が嬉しそうに微笑んだ。

「じゃあ、契約成立ということで」

そう言って差し出された右手を、香奈恵は握り返した。

この選択が、悪魔との取引に匹敵するくらいの厄介事に繋がるなんて、その時の香奈恵はまだ知る由《よし》もなかった。

1　真嶋家の家庭事情

翌日、弄月荘で執り行われている披露宴《ひろうえん》を見守りながら、香奈恵はホッと胸を撫で下ろしていた。

昨夜、香奈恵と契約を交わした雅之は、その場でどこかに電話をかけ、あっという間に今日のバンドの生演奏の依頼を取り付けてしまったのだった。香奈恵一人では、まともな交渉先を見つけることすらできなかったのに、驚くばかりである。

あまりにスムーズに決まったので、もしかしてアマチュアバンドかと心配したが、雅之は電話交渉の間にバンドの所属する芸能事務所のサイトを見せてくれた。

それによると、キャリアも長く、海外で演奏実績もあるバンドのようだった。キャリアに裏打ちされた自信があるせいか、唐突な依頼を快諾してくれただけでなく、予定している曲目の打ち合わせをする時間がろくにないことを心配する香奈恵に、過去に自分たちがその曲目を演奏した時の動画まで送ってくれた。

彼らの技量を確認した上で、式当日、着付けに入る前の最終チェックのタイミングで新郎新婦に事情を説明して演奏者の変更を伝えたところ、興奮した様子で歓声を上げげたのだった。

ジャズにあまり詳しくない香奈恵ではあるが、新郎新婦の興奮ぶりから、雅之のチョイスに間違いがなかったのだと理解する。

そして今、会場の隅っこで彼らの生演奏を聴き、その腕前が素晴らしいものであると実感していた。

「ご満足いただけたようでなによりです」

互いに目配せしながら演奏を楽しむ新郎新婦の表情にニンマリしていると、突然背後から声をかけられた。

驚いて肩を跳ねさせた香奈恵が振り向くと、黒のスーツをきっちり着込んだ雅之が立っていた。

「堀江さん」

「ブランシェの多田《ただ》さんからお電話がありました。この後はずっと事務所にいるので、都合のいい時間にお電話くださいとのことです」

ブランシェの多田とは、挙式でブライダルブーケの発注をかけているフラワーショップのオーナーである。

「ありがとう。あと、バンドのことも助かりました」

そう言って香奈恵は扉の方へ歩き出した。

「演奏、気に入ってもらえたようですね」

式場を出る瞬間、新郎新婦の姿を再度確認して香奈恵が頷く。

「うん。堀江さんのおかげで、すごく喜んでいただけているみたい」

香奈恵に続いて式場を出た雅之も、笑顔の新郎新婦に表情を綻《ほころ》ばせる。

二人の門出《かどで》を祝福する柔らかな眼差しに心を和《なご》ませていると、扉を閉じた雅之の視線が自分に向く。突然真っ直ぐに見つめられて緊張し、その気まずさを誤魔化すべく話題を振った。

「堀江さんに、こんなすごいツテがあるなんて驚きました」

「親がそっち系に強い仕事をしているので」

雅之がそう返した時、一度閉めた扉が再び開き、バンケットスタッフが出入りする。通行の妨《さまた》げにならないようにと、雅之は香奈恵に体を寄せて通路を空《あ》けた。

必要以上に体が密着しないように雅之の胸に手を添えて一定の距離を保った香奈恵は、昨日と似た距離で彼を見上げる。

今日は、式場スタッフらしくシャツのボタンを首元まできっちり留めてネクタイを締めているので、首筋のホクロを確認することはできない。

そんなことはないとわかっていても、つい昨日の彼は幻だったのではないかと疑ってしまう。

「次の仏滅、チーフは午後から休みですよね？」

「ええ。午前中にプチブライダルを利用するお客様の撮影に立ち会うだけだから」

久しぶりのプチブライダルの利用客に、気合が入る。

嬉しさから頬に小さなエクボを作る香奈恵に、雅之が小さく笑って言う。

「私も休みなので、その日の夕方に食事会の予定を入れてもいいですか？」

その言葉に、彼と交わした約束を思い出す。

約束を反故《ほご》にするつもりはないけれど、明確な予定を告げられると、なんだか尻込みしてしまう。

そんな香奈恵の弱気を見透かしたように、微かに背を屈《かが》めた雅之が耳元で囁《ささや》いてきた。

「逃がしませんよ」

「――っ！」

息が耳に触れるのを感じて、反射的に手で押さえて彼を見上げた。

「逃げません！　その日で大丈夫です」

約束は必ず守りますと、真剣な眼差しを向ける。

眼鏡越しに視線を重ねると、雅之がそっと目を細めた。普段あまり意識することはないが、彼は知的な印象の綺麗な切れ長の目をしている。

そしてその瞳の奥に、普段の彼からは感じることのない野生的な光が揺れている気がして、香奈恵は後退りできないのを承知で背後の壁に背中を密着させた。

「……」

昨夜から、二人の間に流れる空気がいつもと微妙に違う。

それを息苦しく感じていると、突如、彼の背後から甘い声が聞こえてきた。

「あ、堀江さぁんっ」

語尾にハートマークでも付きそうな甘ったるい声と共に、晶子がひょっこりと顔を出した。

バンケットスタッフとして駆り出されている晶子が、空になったシャンパングラスを載せたトレイを両手で抱えたまま、雅之との距離を詰めてくる。

そんな彼女と距離を取るべく、雅之が立ち位置をずらした。自然と香奈恵との間にも距離ができて、二人の間に漂《ただよ》っていた密度の高い空気が霧散していく。

それにホッとする中、晶子が大袈裟《おおげさ》に眉尻を下げて言う。

「今日のバンド、私のために堀江さんが手配してくれたんですよね」

「私のため」と強調して話す晶子は、その直後、「ごめんなさい」としおらしく肩を落とす。

そしてそのまま、自分は責任を感じていたのだけど、チーフである香奈恵から早く帰るように強く勧められたことで退社するしかなかった、そのせいで昨日はろくに眠れなかった、といったことを言い始める。

そしてその締めくくりとして、甘ったるい声で言った。

「このお礼に、今度食事をご馳走させてください。ちょうど友達に、素敵なイタリアンのお店を教えてもらったんです」

トレイを持っていなければ、ボディータッチをしながら話しかけそうな熱っぽさだ。

そんな晶子に、雅之はそつのない微笑みを添えて返す。

「私が手配できたのは、ただの偶然ですよ。忘れ物を取りにきた際、一人で対策を講じようとしていたチーフから話を聞かなければ、事情を知ることすらなかった。だからお礼は、チーフにしてください」

「チーフ、イタリアンは嫌いです」

雅之の言葉に晶子が即答した。

――いえいえ。イタリアン、好きですよ。

別に晶子にご馳走してもらうために頑張ったわけではないので、ツッコミは心の中に留めておく。

「とりあえず今は、バンケットスタッフの仕事を頑張って」

香奈恵の声なきツッコミが聞こえたわけではないだろうけど、雅之が苦笑を浮かべつつトレイを持つ晶子の肘に手を触れてそう急《せ》かす。

するとと晶子は、可愛らしくチラリと舌を出してトレイを抱えて小走りにその場を離れていく。

意外と女性のあしらいがうまいなぁと、二人のやり取りを見て感心していると、雅之がからかうような口調で聞いてくる。

「イタリアン、ご馳走しましょうか？」

「この場合、ご馳走するのは、私の方でしょ」

「残念ながら、女性に奢《おご》ってもらう習慣はないので。だから私がご馳走しますよ」

雅之は軽く肩をすくめる。そして「西村さんより、いい店を知ってますよ」と、茶目っ気たっぷりに付け足してくるので、香奈恵も肩をすくめた。

「部下に奢《おご》らせるわけにはいきませんから」

香奈恵の言葉に、雅之がやれやれといった感じで息を吐く。

これまでの雑談でも、会話の流れでプライベートな時間に食事でも行こうかといったノリになることが何回かあった。だけど部下と上司の関係なだけに、プライベートで会うのは躊躇《ためら》われ、誘われる度に冗談として受け流してきた。

「今回のお礼は、来週の食事会に付き合っていただくだけで十分です」

すかさずそう返されて、香奈恵は遠ざかっていく晶子の背中へ視線を向けた。

晶子も香奈恵同様、白のノーカラーのブラウスに黒のパンツスーツといったユニフォーム姿に身を包んでいる。それでも明るく染めた髪や、首筋を飾るスカーフの巻き方などで個性を主張する彼女には、人目を引く可愛らしさがあった。

それに比べて……と、香奈恵は壁に設置されている姿見に視線を向ける。身だしなみチェックのために設置されている鏡には、マニュアルどおりにユニフォームを着て、癖のないセミロングの髪をシニヨンにまとめた自分の姿があった。

鼻筋やくっきりとした二重《ふたえ》の目が綺麗だと友達に褒《ほ》められることはあるが、ブライダルスタッフとして無難なメイクを心がけているので特にそれを際立たせるようなことはしていない。

ついでに言うなら、感情表現が苦手なために表情筋が硬い。

同性の目から見ても、確実に可愛いのは晶子の方だ。

「恋人役、西村さんに頼めばよかったのに」

自分のように愛想のない人間に恋人役を頼むより、彼女の方が適任ではないだろうか。なにより晶子は、雅之に好意を持っているのだし。

「こちらにも相手を選ぶ権利があります。彼女にお願いすると、後々面倒そうですから」

「……確かに」

面倒くさそうにため息を吐く雅之の言葉に、香奈恵はそういう考え方もあるかと納得する。

上司と部下として一線を引いた付き合い方を心がける香奈恵とは違い、わかりやすく好意を寄せている晶子にそんなことを頼めば、そのままズルズルと交際を迫られそうではある。

「なんだかその台詞《せりふ》、すごくモテる男感が出てますね」

香奈恵のからかいの言葉に、雅之は気を悪くする様子もなく「失礼な」と笑う。

年齢差があり、立場としては上司と部下という逆転した関係ではあるが、人柄がそうさせるのか、彼といると時々こういうじゃれ合いのような会話を楽しんでしまう。

クスクス笑いながら事務所に戻るべく歩き出すと、香奈恵を探しにきただけの雅之も歩調を合わせてついてきた。

「そういえばチーフ、今回のバンドの件、私が手配したと部長に報告したんですね。黙っておけばいいのに」

隣を歩く雅之が思い出したように言うが、香奈恵はそんなわけにはいかないと首を横に振った。

「当然です。あれは堀江さんの人脈があってのことなんですから」

「でもお客様のためを思って、遅くまで頑張っていたのはチーフです」

香奈恵の言葉に、雅之が困ったように目尻に皺《しわ》を寄せる。

そんな彼の表情を見て、香奈恵は深く息を吐いた。

雅之は頭の回転が早く機転も利くので、その瞬間、誰がなにを必要としているのかを察する能力に長《た》けている。なので、部署を問わず頼りにされていた。

前職からそういう立ち位置にいたのか、雅之自身も、周囲を支えて人を立てることに慣れている様子で、その分自ら率先して前に出るといった意識に欠けているように思う。

名脇役、縁の下の力持ちといえば聞こえはいいが、香奈恵としては、彼のその性格がもどかしい。

「私はもっと堀江さんに本気になってほしいと思っています。誰かに遠慮することなく、もっと自分のために実力を発揮してほしいんです」

雅之は人を惹きつけ、相手の心を動かす不思議な魅力に溢《あふ》れている。

晶子のような下心はないが、かくいう香奈恵も、彼の不思議な魅力に背中を押されてこれまで頑張ってこれたのだ。

香奈恵が任されているプチブライダルは、正直、業績が芳《かんば》しいとは言えない。まだまだチーフとして未熟な香奈恵と、新人教育を兼ねて任されている晶子と、異業種から転職してきたばかりの雅之。そんな心許《こころもと》ないメンバーでもここまで頑張ってこれたのは、雅之のバックアップがあってこそだと思っている。

そのことへの感謝の意味も込めて、香奈恵としては、雅之にもっと前に出て正当な評価を受けてもらいたい。

もしかしたら、雅之には転職してきたばかりという遠慮があるのではないか。……そんな心配もあるので、香奈恵はことあるごとに雅之に前へ出るよう促《うなが》していた。

「それ、チーフよく言いますよね。『上司だからって遠慮しないでください』『もっと本気でぶつかってきてください』って」

香奈恵の口調を真似る雅之の話し方に、こちらの思いは届いていないのだとがっかりする。

大人気ないとは思いつつ、つい唇を尖らせてしまった。そんな香奈恵に、雅之が挑発的な眼差しを向けてくる。

「それを言うなら、チーフはいつも一人で仕事を抱え込む性格を直してください。人に頼ることも覚えないと、いつか立ち行かなくなりますよ」

昨夜、まさに八方塞がりな状況に追い込まれているところを助けてもらっただけに、耳が痛い。

黙り込む香奈恵の姿に、雅之がため息を吐く。

「そこで黙るってことは、これからも一人で抱え込む気でいますね」

確かに自分の働き方はうまくないと思う。

でも、人に頼ることで相手に迷惑をかけてしまう方が嫌で、ついあれこれ抱え込んでしまうのだ。

とはいえ、曲がりなりにも上司として、そんな背中を部下に見せるのは良くないだろう。

「なるべく、気を付けます」

「そうですね。でないと、私に足を掬《すく》われますよ」

渋々といった感じで香奈恵が返すと、軽い口調で忠告される。

「はいはい」

雅之に足を掬《すく》われたところで大したことはない。

彼の忠告を軽く受け流しつつ従業員用の廊下を歩いていると、先の扉が開き、上質なスーツに身を包んだ長身の男性が姿を見せた。

見送りで付き添ってきたホテルスタッフと二言三言会話を交わしているのは、この弄月荘の総責任者である真嶋祐一《ゆういち》グランドマネージャーだ。

グランドマネージャーというだけでも香奈恵にとっては雲の上の存在なのに、その上、彼はグローバルに観光事業やホテル経営を繰り広げるマシマホールディングスの御曹司なのだ。視界に入るだけでも、つい緊張で背筋が伸びる。

「真嶋マネージャーだ」

――イケメンや王子様という言葉は、彼のような人のためにあるのだろうな。

彼は、今はまだ弄月荘のグランドマネージャーに留まっているが、将来的にはマシマホールディングスを背負《しょ》って立つのだ。

容姿といい社会的地位といい、晶子が望む結婚相手はきっと彼のような人だろう。

ただ、さすがの晶子も、自社の御曹司にアプローチすることはしていないようだが。

「チーフは、ああいう顔が好みなんですか？」

その言葉にチラリと視線を上げると、雅之はひどく不満げな顔で「付き合うなら、ああいう男が理想ですか？」と付け足す。

「好みっていうか、イケメンを遠目に愛《め》でるのは、普通の感覚でしょう」

別にお近付きになりたいとは思わないが、遠目に眺める分にはマネージャーのイケメンぶりは目の保養になる。

それなのに雅之は、なおも重ねて聞いてくる。

「マネージャーみたいな地位の人との結婚とか、どう思いますか？」

その問いかけに、香奈恵はふるふると首を横に振る。

「そんなのあり得ないでしょ」

お伽話《とぎばなし》や漫画じゃあるまいし、一般家庭で育った香奈恵が、容姿端麗でどこまでも完璧な御曹司と付き合えるなんて思うはずがなかった。

ましてやそんな人との結婚など、夢想するのもおこがましい。

香奈恵はくだらないと肩をすくめて、扉を閉めた祐一マネージャーに一礼して脇を通り過ぎようとした。だけどその時、祐一マネージャーが「あっ」と声を漏らして手を動かす。

視界の端で捉《とら》えた手の動きに反応して足を止めると、祐一マネージャーは、雅之から香奈恵へと視線を向けて口元を手で隠す。

長い指の隙間からチラリと見えた彼の唇は、何故か笑いを噛み殺しているように見えた。

その笑いはなにを意味しているのだろうかと、隣の雅之に視線を向けると、彼は涼しい顔をしている。

「お疲れ様」

口元から手を離して挨拶《あいさつ》してくる祐一マネージャーは、綺麗に表情を取り繕《つくろ》っていて、優雅な王子様然としていた。

「真嶋グランドマネージャー、お疲れ様です」

一瞬見えた祐一マネージャーの表情が気になったけれど、掘り下げて質問するほどのことではない。

香奈恵が丁寧な所作で一礼すると、隣で雅之も頭を下げる。

自分たちとすれ違う際、祐一マネージャーが雅之の肩を軽く叩き、「昨日は休みなのに、呼び出して悪かったな。でも助かったよ」と声をかけていった。

――昨日？

昨日、休みなのにオフィスに顔を出した雅之は、忘れ物をしたのだと言っていた。でも今の言い方だと、雅之は祐一マネージャーに呼び出されたらしい。

「あの……」

再び歩き出しながら祐一マネージャーの言葉の意味を尋ねようとした時、その声に被せるように雅之が言う。

「さっきの話ですけど、そろそろ俺も本気を出そうと思います」

「え？」

「もっと本気になれって言ってくれたでしょ。自分に遠慮する必要はないって」

宣戦布告といった感じでニヤリと笑う雅之に驚いて、香奈恵は思わず息を呑んだ。

いつも他人をフォローすることに徹している雅之だが、もっと自分のために仕事をしてほしいとずっと思っていた。そうすることで、きっとこのチームはさらに良くなる。

それで互いの立場が入れ替わったとしても、香奈恵に不満はない。

「受けて立ちます」

オフィスに辿《たど》り着き、ドアノブに手を掛けながらそう返す。

上司として期待していますと、挑発的な眼差しを真っ向から受け止める。すると雅之が、ドアノブを掴む香奈恵の手に自分の手を重ねてきた。

思わず見上げた彼の瞳に、妖《あや》しげな光が揺れている。重ねられている手の温度に、昨夜の男の色気を纏《まと》った彼の姿を思い出して胸がざわついた。

雅之は戸惑いの色を浮かべた香奈恵の顔を真っ直ぐに見つめ、「その言葉、忘れないでくださいね」と不敵な笑みを見せた。そして満足そうに目を細めると、重ねている手に力を加えて扉を開く。

カチャリと金属が擦れ合う微かな音が、やけに耳についた。

「戻りました」

張りのある声でそう告げて重ねていた手を離した雅之は、人畜無害な表情で香奈恵のために扉を押さえてくれる。

いつもの彼らしい気配りに感謝を告げつつオフィスに入った香奈恵は、そのまま自分のデスクへ向かう。

続いて入ってきた雅之は、報告することがあったのか、部長のデスクに歩み寄ってなにか話し込んでいた。

遠目に見る彼は、相変わらず野暮ったい眼鏡がトレードマークのどこにでもいそうな男性社員だ。

それなのに、さっき扉を開けた瞬間、なんだか開けてはいけない扉を一緒に開けてしまったように感じるのは、気のせいだろうか……

受話器を取り上げてブランシェの多田に電話をかけつつ、香奈恵はそんなことを考えていた。

◇◇◇

雅之との約束の日。

彼の家族との食事会は、平日の午後六時からという一般的な会社勤めの場合だと、なかなか微妙な時間設定だった。

食事会には、彼の両親だけでなく、兄も出席するとのことだ。

わざわざ都合を合わせて家族が休みを調整したのだとしたら、顔を出すのが偽者の恋人というのは、本当に申し訳ない。

微妙に罪悪感を抱えつつ、香奈恵は店のショーウィンドウを鏡代わりにして前髪の乱れを整えた。

食事会の前に少し打ち合わせをしようと雅之に提案されたため、この近くのカフェで待ち合わせをしている。

ショーウィンドウに映る自分は、夏を意識した清涼感のある水色のワンピースに、アクセントとして白を基調としたシンプルなデザインのイヤリングを合わせている。

仕事中はきっちり結い上げている髪も、今日はポニーテールにして毛先を緩くカールさせ、メイクも明るめの色を選びいつもより華やかな印象を心がけた。

恋人の両親に挨拶《あいさつ》をする——というコンセプトなので、過剰にかしこまることなく、かといって雅之の面子《めんつ》を潰すことのない、ほどよいお洒落《しゃれ》を心がけたつもりである。

——でもこれ、逆に堀江さん的に気合入りすぎって思われないかな？

無難なファッションをセレクトできているとは思うが、恋愛経験がほとんどない香奈恵は、こういう場合の正解に自信が持てない。

香奈恵が無難と思っていても、雅之が恋人役に求める装《よそお》いとしてはどうなのだろう。

プライベートな時間に顔を合わせるのが初めてなので、待ち合わせの時間が迫ってくるとあれこれ気になってくる。

——こんなことなら、昨日のうちに服装の要望を確認しておけばよかった。

あれこれ悩み、睨《にら》むようにウインドウを覗き込んでいると、肩をポンッと叩かれた。

「キャッ」

驚いて飛び跳ねるようにして体の向きを変えると、いつの間にか隣に立っていた見目麗《うるわ》しい男性が目尻に皺《しわ》を寄せて緩く微笑んでいる。

──誰？

香奈恵は相手から距離を取りつつ、男性の全身に視線を走らせる。

背の高い男性で、すっきりとした鼻筋に、知性が漂《ただよ》う切れ長の目が印象的である。髪をオールバックで固め、フォーマルなスーツを洒落《しゃれ》た感じに崩して着こなす姿はファッションモデルのようでブライダル用のフォトモデルを頼みたいくらいだ。

スーツのジャケットを片手にかけ、シャツを第二ボタンまで外し、袖《そで》も肘のあたりまで捲《まく》っているので、引き締まった体つきをしているのがわかる。

「えっと……」

──まさかとは思うけど……これって、ナンパ？

見知らぬイケメンに親しげに微笑みかけられる状況にそんな言葉が思い浮かぶが、それと同時に、こんなイケメンが自分をナンパするはずはないとも思う。

もしかしたら弄月荘の利用者か、仕事で会ったことのある人かもしれない。

営業用スマイルを浮かべつつ高速で記憶を辿《たど》ってみても、思い当たる人がいない。そもそも、これほど存在感のある色男、そうそう忘れるはずはないのだが。

困惑したまま相手の顔を見上げていると、ふと男性の唇の右下にあるホクロに目が留まる。

──唇下のホクロ、色っぽいな……

そこまで考えて、心に閃《ひらめ》くものがあった。そんな香奈恵の表情を読み取ったように、相手が口を開く。

「女子っぽいお洒落《しゃれ》をしているチーフって、新鮮ですね」

馴れ馴れしい口調で話しかけてくる男性を、香奈恵は呆然とした表情で眺めた。よく見たら、彼の左の首筋にも縦に二つのホクロがある。まさかという思いのまま震える指で相手の顔を指し、口を開いた。

「あな……た……堀っ……さ…………っ」

「恋人なら、今日はその呼び方はやめてくれ」

楽しげな口調で発せられる声は、聞き慣れた雅之のものだった。だけど目の前にいる男性と、香奈恵の知る雅之のイメージが結びつかない。

「今日は、俺のことは名前で呼んでよ。俺もそうするから」

雅之は、中途半端な位置で震えている香奈恵の指をそっと左手で包み、そのまま手を繋いだ。

そして、呆然とする香奈恵の手を引いて歩き出す。

「堀江さん、ですよね？」

思考の処理が追いつかず、手を引かれるまま歩く香奈恵は、恐る恐るといった口調で確認する。

すると雅之は、チラリと視線を向けて大袈裟《おおげさ》にため息を吐く。

「他の誰だと？」

こちらに流し目を送ってくる彼は、ため息も含めてどこか芝居じみている。

穏やかでいて、どこか遊び心のある空気感は、間違いなく雅之なのだけど……

「だって、眼鏡してないし」

戸惑いが大きすぎて言い訳がましい口調でもごもごと話すと、雅之は軽快な笑いを零す。

「香奈恵さんにとって俺の印象って、眼鏡だけ？」

ひどいなぁと、非難するふうでもなく雅之が笑う。

「あと、唇の下と首筋にあるホクロ」

「ふぅん」

妙に鼻にかかる甘い声で雅之が首をかしげる。

耳に届いたその声に肌を撫でられたような錯覚に襲われ、思わず耳朶《じだ》を強く揉んでしまう。

「それに耳の形……」

イヤリングが指先に触れるのを感じながら、そう付け足す。

「それ、俺が入ってすぐの頃にアドバイスしてもらった。女性の顔はメイクや髪型で印象が大きく変わるけど、耳の形は変わらない。だからお客様の顔を覚える時、顔と一緒に耳の形を記憶しておくといいって」

懐《なつ》かしそうにそんなことを話す彼は、やはり雅之だった。

だけどこれは……どういうことなのだろう。

「あの……とりあえず、手を……」

落ち着かなくて、繋がれている手を揺すってみる。

だけど離すどころか、逆に強く握り返されてしまった。

「恋人なら、これくらい当然でしょ」

雅之は悪戯《いたずら》を楽しむ子供のような顔をして、楽しそうに手を揺らす。そうやって至近距離で彼が動くと、あの夜と同じ香りがほのかに漂《ただよ》ってきた。

「それは、堀江さんのご両親の前だけの演技で……」

「香奈恵さん、本当にぶっつけ本番で恋人のフリをする自信ある？」

「そ……それはっ」

そう言われると生真面目な性格もあり、繋がれた手を振り解くことを躊躇《ためら》ってしまう。

香奈恵の抵抗がなくなったことで、雅之は繋ぐ手の強さを緩めた。それでも繋いだ手を放してくれないのは役作りのためだろうか。

「というわけで、ここからは、お互い下の名前で呼び合うこと。それに、堅苦しい言葉遣いも禁止」

「でも……」

困り顔で見上げる香奈恵に、雅之は軽くウィンクを返して「香奈恵」と呼んだ。

女性の名前を呼び捨てにすることに躊躇《ちゅうちょ》のない彼に、自分とは違う慣れを感じた。自然な振る舞いに、こちらが彼の本来の姿ではないかと思えてくる。

「……」

それに比べて、男性をファーストネームで呼ぶことに慣れていない香奈恵は躊躇《ためら》うばかりだ。下の名前を知らないわけじゃないのに、喉になにかがつかえたように名前を口にすることができない。

「その恥じらい方は、新鮮でいいね」

頬を赤らめて口をパクパクとさせる香奈恵を覗き込み、雅之は楽しそうに笑った。

「違う人みたい」

当初待ち合わせ場所にしていたカフェまで手を繋いで歩き、注文を済ませた後、香奈恵はやっとの思いで声を発した。

「そう？」

テーブルに片肘を突き、そこに顎《あご》を預けて艶《つや》っぽく笑う雅之は、自分の魅力を十分承知している様子だ。そしてそれを惜しみなく振り撒いてくる。

「眼鏡を外すと、印象が全然違うんですね」

そんな言葉で片付けられる変貌ぶりではないが、なにをどう表現すればいいのかわからない。自分の言葉の拙《つたな》さを理解しているので「休みの日は、コンタクトなんですか？」と言葉を足す。

その言葉に、雅之は面白そうに目を細めた。

「いつものあれは、伊達《だて》眼鏡だよ。俺、視力は悪くないから」

「じゃあ、なんで眼鏡してるんですか？」

「新郎より目立つと悪いから」

キョトンと目を見開いて数回瞬《まばた》きする香奈恵に、雅之はこともなげに返す。

かなり自惚《うぬぼ》れた台詞《せりふ》に聞こえるが、モデルや俳優と見紛うほど整って華のあるこの姿を前にすると、否定ができない。

それと同時に、晶子が彼に執心していた理由を理解した。

「もしかして西村さんは、堀江さんのこの姿を知っていたんですか？」

晶子はいつも自分の結婚相手の条件に、「イケメン」や「御曹司」といったキーワードを挙げているので、この姿を見れば納得がいく。

「言葉遣い」

しみじみと声を漏らす香奈恵にそう注意した雅之は、「それと下の名前で呼んでくれ」と促《うなが》してから続ける。

「彼女の場合、もっと打算的な理由で俺にアプローチしてると思うよ」

「……？」

イケメンと付き合いたいというのは、十分打算的ではないだろうか。香奈恵が首をかしげていると、飲み物が運ばれてきた。雅之は、配膳の妨《さまた》げにならないように肘を退《しりぞ》けて背筋を正す。

「香奈恵って、上司として俺のことどれくらい把握してる？」

配膳が終わり、スタッフが離れたところでそう聞かれた。

その問いに、香奈恵は自分の前に置かれたアイスティーをストローでかき混ぜながらしばし考える。

「えっと……外資系金融機関でかなりの地位にいたと。前職の地位や年齢に固執することなく、基礎から仕事を学びたいという要望で私のもとに配属されたと聞いています」

見るからに経験豊富なエリートである彼を、部下として受け入れてほしいと打診された時は、正直驚いた。それでも彼を受け入れたのは、当時の部下が晶子しかおらず、人手不足を感じていたからだ。

その際、部長からは「扱いにくいかもしれないが十分気を付けて接してほしい」と何故かやたらに強く念押しされた。

まあそれは、雅之のキャリアや二人の年齢差を考えてのことだろう。

だがその心配は杞憂《きゆう》に終わり、部下となった雅之は、香奈恵が恐縮してしまうほど上司の自分を立ててサポートしてくれている。

香奈恵の主観を含めたそんな言葉に、雅之は嬉しそうに口角を持ち上げた。

「そう言ってもらえてなにより。香奈恵の部下になれてよかったよ」

屈託のない彼の言葉に香奈恵は照れくささを持て余し、耳の横から流している髪に指を絡めて消え入りそうな声で囁《ささや》く。

「それは、私の……」

初めは多少の緊張はあったが、今は雅之が自分の部下になってくれたことに心から感謝している。いい機会なので、そのことを彼に伝えたかったが、どう言葉にすればいいのかわからない。

伝えるべき言葉を探していると、雅之が言う。

「俺の家族に関しては？」

再びテーブルに肘を突いた雅之が、軽く右眉を持ち上げて回答を促《うなが》す。

感謝の思いを言葉にしそびれたことを残念に思いつつ、香奈恵は、素直に自分の持っている知識を言葉にする。

「えっと……息子の結婚を急《せ》かす家族がいるんですよね。だから私に恋人役を頼んだ。……あと、イベント関係に顔が利く仕事をされているんでしたっけ？」

今回の件で得た情報をまとめると、そういうことになるだろう。

「なるほど、そういう理解なのか」

香奈恵の言葉に、雅之はよしよしと頷くと、癖のある笑みを浮かべる。

「香奈恵、社内の噂話に興味ないだろ？」

「……ええ、まあ」

雅之の質問に、香奈恵は頷く。

正直、まったく興味がない。陰であれこれ詮索《せんさく》するより、知りたいことは本人に直接確認した方が早いと思っている。

それに噂話にはどうしても話す側の主観が入ってくるから、そんな曖昧《あいまい》な情報に振り回されるのは嫌だったし、その場の流れで悪口の賛同を求められるのも不快だった。

その説明を聞いて、雅之はクスクスと笑う。

「香奈恵らしい意見だよ」

「それはどうも」

雅之の声に嫌味の色は感じられない。香奈恵の性格をありのまま受け入れて、好感を持ってくれているようだ。

だけど香奈恵としては、この性格が男性に可愛げがないと評され、女性社会では浮いた存在になってしまうことも承知している。

それでも、周囲に合わせるためだけに、無理やり自分の感情を呑み込んでわかったフリはしたくないから仕方ない。

自分は自分。それでいいと思っていたはずなのに、甘い表情で見つめられると、彼の目に自分がどう映っているのかやけに気になってしまう。

そのせいで感情を空《から》回りさせつつ、香奈恵は自分の考えを言葉にしていく。それに耳を傾ける雅之は、楽しげな表情でコーヒーを啜《すす》る。

いつもと違う二人の距離感に緊張し、香奈恵は自分のアイスティーのストローに口をつけた。

わざわざ言葉にするつもりはないけど、この性格に加えて人に頼るのが苦手なことも災《わざわ》いして、学生時代の恋人に「女として可愛くない」とフラれた過去がある。

「……」

嫌な過去を思い出したと、ストローで氷をかき回していると、カップを置いた雅之がそっと息を吐くように言った。

「俺は、香奈恵のそういう打算がなく、他人の言葉に振り回されないところが好きだよ」

「……」

さらりと告げられた「好き」という言葉に、ストローを回す指の動きが止まる。

もちろん彼の言う好きがライクであることはわかっている。それでも見目麗《うるわ》しい男性に、甘い声でそんな言葉を囁《ささや》かれるとつい意識してしまう。

もしかしてこれは、彼の家族の前で恋人として自然な振る舞いをするためのムード作りの一環なのだろうか。

それならそれっぽい言葉を返すべきかもしれないけど、大して恋愛経験のない香奈恵には、どう返せばいいのかわからない。

結局香奈恵は、口をパクパクさせただけで、再びストローに口をつけた。このカフェのアイスティーは水出し式で淹《い》れているとのことで、上質な茶葉特有の甘みが感じられて心が和《なご》む。

自分好みの味に喉を潤《うるお》した香奈恵は、思い切って本題を切り出した。

「ところで私は、堀江さんのご家族の前で、どんなふうに振る舞えばいいんですか？」

外見の変貌ぶりや、男の色気を感じる立ち居振る舞いに戸惑って忘れかけていたけど、今日の目的はそこにある。

引き受けた以上、彼の家族の前でボロが出ないようにしっかり打ち合わせておきたい。

少し前屈《かが》みになって指示を待つ香奈恵に、雅之は自分の前に置かれたカップの縁を指先で撫でながら言う。

「そうだな、俺は香奈恵にベタ惚れで、その一途な思いを受け入れてくれた香奈恵と、結婚を前提に付き合っているって感じでいいんじゃないか」

なかなか恥ずかしい設定ではあるが、結婚を意識する恋人を演じるなら、それが妥当なのだと香奈恵も思う。

「わかりました。では馴れ初《そ》めや仕事場での関係については、どう説明すればいいですか？」

「それは、ありのままでいいよ。君は俺の直属の上司。職場での香奈恵の誠実な仕事ぶりを見て、好感を持った」

「でも……」

どう考えても、実力もキャリアも雅之の方が上だ。それなのに年下の香奈恵が彼の上司というのは、彼の家族にとってはあまりいい気分はしないだろう。

「下手《へた》に嘘を吐くと、かえってボロが出る」

自分に否定できるほど演技力があるとは思えないので、返す言葉がない。

「好きになった経緯なんかについて聞かれた時も、その方が説明しやすい。一緒に仕事をしていく中で、人を頼るのが苦手で、その分人一倍努力する君の不器用な働き方が歯痒《はがゆ》くて、見守ってサポートしていくうちに、好意が愛情に変わっていった」

「……」

演技のための設定を話しているとわかっているのに、なんだかリアルすぎて彼に告白されているのではないかと錯覚してしまう。

——落ち着け私っ！

今は見目麗《うるわ》しいイケメンだが、普段の彼は自分の部下で、野暮ったい眼鏡がトレードマークの性格イケメンだ。

そんな彼の言葉にいちいち乙女な反応を示していては、明日からの仕事がやりにくくなるではないか。

頬が熱くなるのを感じ、香奈恵は乱暴にストローで氷をかき混ぜつつ、必死で自分に言い聞かせる。

雑念を払うべくカラカラと氷の音をさせていると、身を乗り出した雅之が告げた。

「もし香奈恵のどこが好きかと聞かれたら……褒《ほ》められた時、困ったように唇を引き結ぶくせに、頬にえくぼができてるところが可愛いし、形のいい二重《ふたえ》の目も好きだ。休憩中におやつを食べる時、すごく幸せそうな表情をするのは見ていて飽きない……と、答えようと思ってる」

そして「香奈恵は俺の好きなところをなんて答える？」と、からかうように問いかけてきた。

そんなふうに聞かれても、うまい言葉が出てくるはずがない。

「……そ、それだけ口がうまいなら、私に恋人役なんて頼まなくてもよかったんじゃないですか？」

苦し紛れにそう反撃すると、雅之がニヤリと笑う。

「生憎《あいにく》と、俺が惚れているのは香奈恵だから」

「……っ」

役作りのついでにからかわれているとしか思えない。

こういう時の正しい対処法がわからず、唇をぎゅっと引き結んでいると、雅之が不意に話題を変えた。

「それと、一つだけお願いしておきたいことがある」

「なんですか？」

「実は俺、両親や兄と苗字が違うんだけど、顔を合わせた時に驚かないでほしい」

「え？」

「事情があって、俺だけ、兄や両親と戸籍が別なんだ」

思いがけない告白に、一瞬頭が白くなる。

だけど素早く気持ちを立て直して、表情を取り繕《つくろ》う。

そんな香奈恵の表情を見て、雅之は探るような眼差しを向けてきた。

「理由を聞かないのか？」

もちろん冷静な部分では、家族と戸籍を分ける理由についてあれこれ考えてしまう。

だけどそれは、彼の私生活にかなり踏み込んだ部分の話で、一日限りの偽者の恋人でしかない自分が気軽に質問していい話ではないだろう。

そもそも香奈恵には一度した約束を反故《ほご》にするつもりはないのだから、そこを追及することになんの意味もない。

「興味本位で聞くような話ではないですから。それに、それを知っても知らなくても、堀江さんは堀江さんです」

「そう……」

香奈恵の言葉に、雅之はそっと口角を持ち上げてカップに口をつけた。

香りと味を堪能する優雅な所作に見惚れていると、カップを戻した雅之は念を押すような口調で言う。

「俺の家族を前にしても、驚いたり戸惑ったりすることなく、俺の恋人として堂々と振る舞うって約束してくれるか？」

「もちろんです」

こちらの覚悟を探るような眼差しを向けられて、力強く頷く。

彼の家族を騙《だま》すことに罪悪感がないわけではないが、引き受けたのは香奈恵の意思だ。

約束した以上、彼の求める恋人役を演じてみせる。

「……雅之さん」

覚悟を決めて、肺に溜め込んだ空気を吐き出す勢いに任せてそう言うと、雅之が一瞬キョトンとした。

でも、すぐに嬉しそうに表情を綻《ほころ》ばせて「いいね」と笑う。

何気ないその表情は、男の色気とは異なる魅力に溢《あふ》れていて、香奈恵の心をざわつかせる。

「えっと、それでこの後はどうしますか？」

騒ぐ心を宥《なだ》めつつ、香奈恵は腕時計に視線を落とす。

今は午後三時で、彼の家族との食事会まではまだ三時間ほどある。

移動時間を差し引いてもかなり時間に余裕があった。

自分の腕時計で時間を確認した雅之は、香り立つような微笑みを添えてこともなげに返す。

「そりゃ、デートでしょ。今日の俺たちは恋人同士なんだから」

それは本番の演技に向けた雰囲気作りというやつなのだろうけど、そんな男の色香を漂《ただよ》わせて言われると、勘違いしてしまいそうになる。

香奈恵は軽く首を横に振って、気持ちを立て直した。

覚悟を決めたのだから、恥ずかしがっていてもしょうがない。

「わかりました」

どうせ食事会が終わるまで、彼と行動を共にしなくてはいけないのだ。雅之の家族の前でボロを出さないためにも、いつもと違う彼に少しでも慣れておいた方がいいだろう。

「じゃあ、食事会が終わるまで、恋人として私をエスコートしてください」

香奈恵が冗談っぽい口調で促《うなが》すと、胸に右手を添えて恭《うやうや》しくお辞儀をした雅之に「承知いたしました」と一礼された。

わざと畏《かしこ》まった態度を取る姿が面白くて香奈恵がクスクスと笑うと、自然と空気もほぐれていく。

上司と部下という関係上、プライベートな関わりを持つことはなかったが、もともと気心の知れた相手である。

難しく考えるのはやめて楽しむべきだろう。

そんな香奈恵の心の変化を、雅之も感じたのだろう。

「では、俺の愛しの恋人様は、今日はどこに行きたい気分だい？」

目尻に小さな皺《しわ》を刻みつつ、雅之が問いかけてきた。

遊び心たっぷりな彼の口調に合わせて、香奈恵もほっぺたに指を押し付けて考え込むポーズを取る。

「そうねぇ……大事な食事会の前だから、あまり荷物が多くなっても困るけど、少し夏物の雑貨が見たいかしら」

「じゃあ、……輸入雑貨店とか？　それとも少し歩いてもいいなら、個人経営で海外のガラス食器を多く揃えている店を知っているけど、行ってみる？」

澄ました表情で希望を述べる香奈恵に応《こた》えるべく、雅之はスマホを取り出して店のホームページを開く。

ホームページに掲載されている写真を見るに、香奈恵の好みをある程度把握して行き先を提案しているのが伝わってきた。

「荷物が増えるのが嫌なら、今日は下見だけして、次の休みに一緒に買いに行こうか」

その口約束が、役作りの一環でこの場限りのものというのは承知している。でも雅之相手だと、この悪ふざけが面白い。

「可愛い食器がいっぱいで、素敵ですね」

しばしスマホを覗き込んでいた香奈恵が声を弾ませて顔を上げると、雅之が嬉しそうな表情で頷いた。

その表情を見て、ご主人様に褒《ほ》められるのを待っている犬のようだと思ってしまう。

――頭を撫でたら、失礼だよね。

最初は完璧すぎる彼の佇《たたず》まいに戸惑うばかりだったけど、気がつけば恋人としてふざけ合うことが心地よくなっているから不思議だ。

香奈恵は彼の髪に触れたい衝動を抑えて、雅之とこの後の予定を決めていった。

それから約三時間、二人は雑談しながら個人経営の輸入雑貨店や、仕事の参考にと宝飾店を見て回った。

仕事に関係のある物もない物も、目についたものを題材にしてあれこれ意見を出し合うのは、普通に楽しい。

この短い間で、香奈恵は自分と雅之の音楽の好みのジャンルが似通っていることや、学生時代の読書感想文で同じ作家の小説を題材にしたことを知った。他にも、お互いの住んでみたい国や趣味についても色々話した。

雅之とは意外に好みの傾向が似ているらしく、思いがけず楽しい時間を過ごすことができた。

そうして繋いだ彼の手の温もりが肌に馴染んだ頃、香奈恵は雅之のエスコートで食事会の店へ向かった。

「そういえば、香奈恵はどうしてマシマに就職したの？」

目的地に向かう道すがら、並んで歩く雅之が香奈恵に尋ねる。

三時間も一緒にいれば、いつもと違う彼の姿にも、ファーストネームで呼び合う気やすい会話にも慣れてくる。いつの間にか、明日からまた上司と部下の関係に戻るのを少しだけ惜しく感じている自分に、我ながら呆れてしまう。

「今はブライダル部門にいるけど、元はホテル部門を希望していたんです。いずれは海外で仕事をしてみたいって思いがあって、早くから海外事業に目を向けていたマシマの経営方針に惹かれたからです」

時の総理が観光立国という方針を打ち出す前から、マシマホールディングスの経営陣は「これからは、インバウンドではなくアウトバウンド」を合言葉に、自ら海外へ顧客を迎えに行く姿勢を取った。

そのための専門の部署を立ち上げ、現地のコーディネーターや代理店に広報を任せることなく、地元の観光展示会などに社員を派遣している。彼らが日本の素晴らしさを伝えると共に自社ホテルのラグジュアリー感を宣伝し、独自の顧客層の開拓に成功していた。

「今も海外の用地買収と、新たなリゾート施設の建設計画を進めていると耳にしています。いつかは自分も、そうした場所で働きたいと思っているんです」

もちろん今は、自分が立ち上げた企画を軌道に乗せるのが先である。

でもいつかは、自分の夢を叶えたい。そのために求められる語学の勉強や、スキルアップに必要な努力を続けている。

しかも今、用地買収が噂されている国は、香奈恵が暮らしてみたいと思っていた国なだけに、情報を耳にする度に気持ちがうずうずしてしまう。

そんなことを話したついでといった感じで、香奈恵は付け足す。

「それに伝統に固執することなく、若手にチャンスを与えてもらえるのはありがたいです」

だからこそ、まだまだ若輩の香奈恵の「プチブライダル」という企画を採用し、その上チーフまで任せてもらえているのだ。

「人生の階段を共に上《のぼ》るように、夫婦の歴史に寄り添う弄月荘に……だっけ？」

香奈恵がプレゼンの際にコンセプトに掲げた言葉を、雅之が口にした。

自分が所属する部署のこととはいえ、彼が転職してくる前に開催されたプレゼンの内容を把握していたことに驚く。

「……そうです」

彼と歩調を合わせながら、香奈恵は頬に小さなエクボを作って続ける。

「世界中にファンの多い弄月荘は、歴史に裏打ちされた格式と、日本人特有の行き届いたサービスが素晴らしい最高のホテルです。そんな弄月荘で式を挙げることは一種のステイタスになりますが、同時に敷居も高い。私はそれが、とても残念だったんです」

香奈恵は別に、海外のホテルの格付けサイトでも四つ星を獲得する弄月荘を安売りしたいわけじゃない。弄月荘は間違いなくハイクラスのホテルであり、最高のくつろぎの空間に見合った料金設定を決して高いとは思わない。

だけど、ほんの少しだけ、その間口を広げてもいいのではないかとも思う。

弄月荘の提供するサービスがどれほど素晴らしいかを知らなくては、憧れることもできない。

だから香奈恵は、若いカップルを対象にした、プライスレスなフォトウェディングを「プチブライダル」として提案したのだ。

盛大な式を挙げる予定はなくても記念のウエディングフォトを……と、考えるカップルは一定数いる。そういった人たちをターゲットにしたサービスは、すでに他社でも手がけているが、ハイクオリティを売りにしている弄月荘が展開することはなかった。

だけど香奈恵としては、敢えてそこに参入することで、お客様が弄月荘の素晴らしさを知る最初の一歩になってもらいたい。

もちろん既存の顧客をおろそかにするつもりはなく、しっかりと差別化を図った。平日の仏滅といった稼働率が下がる日限定で、貸衣装や撮影する場所も制限する。

そうやって弄月荘を利用してくれた夫婦が、数年後、子供が生まれた際の記念行事や、夫婦の結婚記念日などに再度訪れてくれたら素敵なことだ。

最初はフォトウェディング、次は食事会、家族が増えていくことでその食事会の人数も増えたりするかもしれない。そして子育てが落ち着いて生活に余裕が出てくれば、レストランでの食事だけでなく宿泊客として利用してくれるようになるかもしれない。

そうやって階段を上《のぼ》るように、お客様の人生の節目節目に弄月荘を思い出してもらえたら素敵だと思ったのだ。

「とはいえ、まだまだ認知度も利益率も低いので、前途多難といった感じですけど」

それでもプチブライダルを利用するお客様の中には、記念に弄月荘での食事を一緒に予約してくれる人も多い。それも家族を交えての、複数人で。

「伝統を重んじる古参社員は、未だに弄月荘を安売りされては困ると反対しているしな」

目的地である創作料理の店の暖簾《のれん》を捲《めく》り、香奈恵のために引き戸を開けながら雅之が言う。

「……そうなんですよね」

暖簾《のれん》をくぐった香奈恵は、プチブライダルの抱える問題に眉を寄せる。

「私は、弄月荘を安売りしているつもりはないんですけど」

「そうだな。だから、営業戦略統括部長の松野《まつの》さんにも、『未来は無限です。今はまだ、富裕層とは呼べないような方が、十年後、二十年後どうなっているか誰にわかるんですか？　未来の良きお客様とのファーストセッションのために、少し間口を広げてもいいじゃないですか』って、食ってかかったんだよな」

香奈恵に続いて暖簾《のれん》をくぐった雅之が笑う。

確かに数回繰り返されたプレゼンの際、否定派の社員にそう返した記憶はある。

「人聞きの悪いことを言わないでください。私は本気でそう思っているんです。誰にだって、努力次第で素敵な未来が待っていて、その素敵な未来の一つに弄月荘で過ごすことを入れてもらえたら嬉しいじゃないですか」

その言葉に嘘はないけれど、重役相手にあれこれ食ってかかった過去を思い出すと、さすがに恥ずかしくなる。

出迎えた仲居に用向きを伝える雅之の背中を眺め、香奈恵は「ん？」と、首をかしげた。

プレゼンのコンセプトも、企画を通すために重役とやり合ったのも、雅之が就職するより前のことだ。コンセプトなら、資料を読めば知ることができるけど、重役とやり合ったことを、どうして彼が知っているのだろうか。

しかもそれは、プレゼンの最終段階で生じたやり取りなので、内容を知っている人は限られる。

仲居に案内され、雅之と料亭の離れへ続く廊下を歩きながら、その時の出席者の顔を思い浮かべていく。

社長の真嶋圭一郎《けいいちろう》に、その息子で次期社長と目される弄月荘の真嶋祐一グランドマネージャー。あとは、そのプレゼンで香奈恵に言い負かされた営業戦略統括部長の松野とその他の役員。彼らが進んで人に話すとは思えないが……

その他に誰がいただろうと、過去に思考を巡《めぐ》らせることに気を取られていた香奈恵は、自分がよく磨き込まれた檜《ひのき》の廊下を歩いていることにも、廊下から見える中庭の美しさにも気付かなかった。

もしそれに気付いていれば、この店の格式の高さがわかっただろうし、食事会にこの店を選んだ家族がどういった人であるのか、もう少し考えられたかもしれない。

「お連れ様がお見えになりました」

廊下に膝をついた仲居が、二人の来訪を告げて襖《ふすま》をゆっくりと開けていく中、雅之が香奈恵に顔を向けて言う。

「くどいかもしれないけど、俺の家族を見ても驚かないでほしい。その上で、俺の恋人として振る舞ってくれ」

真剣な眼差しを向けてくる雅之に、香奈恵に緊張が走る。

彼の抱える事情はわからないが約束はきちんと守ると、香奈恵は力強く頷いた。

——いよいよだ……。

先日の挙式の件では、雅之に助けられた。あの日の新郎新婦や参列者の輝くような笑顔を思い出し、今度は自分がきちんと恋人役を演じてみせる番だと決意を固める。

「失礼します」

そう声をかけて雅之が敷居を跨《また》ぐ。彼に続いて敷居を跨《また》いだ香奈恵は素早く頭を下げた。

「はじめまして。雅之さんとお付き合いをさせていただいている千羽香奈恵と申します」

弄月荘のスタッフとして染みついた優美な動きで挨拶《あいさつ》を述べて顔を上げた瞬間、ギョッと目を見開いて硬直する。

「やあ、千羽君。せっかくのデートだったのに、こんなむさいオヤジとの食事に付き合わせて悪いな」

気さくな口調でそう声をかけてきたのは、マシマホールディングスの社長である真嶋圭一郎だった。

「父さん、プライベートな時間に付き合わせているとわかっているのなら、その呼び方は失礼だよ。

今日は、ウチの社員としてではなく、雅之の恋人として会いに来てくれたのだから」

社長の右側に座り、朗《ほが》らかな口調でそう窘《たしな》めるのは、圭一郎の息子で弄月荘のグランドマネージャーである真嶋祐一だ。

窘《たしな》められた社長は、気を悪くする様子もなくおおらかに笑う。

社長の左側に座っている和服姿の女性は、おそらくその夫人だろう。

香奈恵と目が合うと「こんな家族ですみません」と言いたげに、楚々《そそ》とした微笑みを添えて会釈《えしゃく》し、左手で右袖《そで》を押さえて向かいの席へ手のひらを向ける。

「いつまでも立たせたままなんて失礼ですよ。雅之も香奈恵さんも、まずはお座りになって」

「……」

状況が呑み込めない香奈恵がポカンとしていると、夫人は言葉を重ねる。

「先週、雅之がお付き合いしている女性を紹介したいなんて急に言い出すものだから、主人も私も慌ててしまって。特に主人の舞い上がりようときたら。……私は若い女性とお食事をご一緒にするなら、こんなかしこまったお店より、フレンチとかの方がいいんじゃないかって言ったのに聞いてくれなくて」

困ったものだと夫人に軽く睨《にら》まれて、社長が破顔する。

「雅之が恋人を紹介したいなんて言い出したのは初めてなんだ、失礼があっちゃいかんだろ」

笑って謝罪する社長だが、反省している様子はない。そして夫人同様、二人に着席を勧めてくる。

「父さんがこうなると思ったから、よほどの覚悟がない限り恋人を紹介したくないんだよ」

自然な口調で返して肩をすくめる雅之に、自社の社長を相手にしているという気負いはない。

——これはどういうことですか？

実の親子、しかも親密な家族関係を築いているとしか思えない自然な会話のやり取りに、内心で混乱する。

会話から推測するに、恋人を紹介する場を作るために食事会を設《もう》けてほしいと要求したのは雅之の方らしい。しかもそれは、香奈恵に恋人役を頼んだ後のこと。

目を見開いて傍《かたわ》らの雅之に説明を求めるが、彼は涼しげな微笑みでそれを受け流して香奈恵の背中をポンと叩く。

「ほら、緊張していないで座ろう」

「……はい」

言いたいことはあれこれあるのに、混乱して言葉がまとまらない。

ついでに言えば、混乱していても生真面目な性分は律儀に作動して、約束をした以上、彼の恋人役を果たさねばならないと香奈恵に命令してくる。

「お忙しい中、お時間を作っていただきましてありがとうございます。改めてになりますが、千羽香奈恵と申します」

思考回路がフリーズしているからか、職業病的な丁寧口調になってしまう。

再度お辞儀をした香奈恵は、雅之に促《うなが》されるまま彼の隣に腰を下ろした。

二人が並んで着席すると、真嶋社長は満足げに頷き、座敷入口に控えていた仲居に料理を始めるように声をかけ、雅之と香奈恵に飲み物を確認する。

「とりあえず乾杯は、ビールで大丈夫？」と気軽に問いかけられて、コクコクと頷くことしかできない。

雅之から、自分だけ家族と苗字が違うと打ち明けられた時には、そうせざるを得ない複雑な事情があるのだと思っていた。

――もしかして、社長の隠し子？

苗字が違う理由として、そんな考えが頭を掠めたが、真嶋家の面々と雅之のやり取りを見る限り、そんな複雑な事情など微塵《みじん》も感じられない。

それどころか、真嶋夫妻の態度は、溺愛する息子に恋人を紹介されたことを手放しで喜び、嫌われないように香奈恵を気遣っているといった感じだ。

夫妻の傍《かたわ》らに座る祐一マネージャーも、我が子を溺愛するあまり両親が暴走しないようにブレーキ役を務めつつ、食事会を楽しんでいる様子である。

先付けと共に運ばれてきたビールで乾杯を済ませると、食事会が始まった。

状況が呑み込めないながらも、料理を食べつつ律儀に話を合わせていると、夫妻は遠回しに香奈恵に結婚の意思を確認してきた。

いえいえ、自分は、今日一日限定の偽の恋人なんです！

喉元まで込み上げてくる言葉を吐き出したくて雅之に視線を送るが、彼はこちらのアイコンタクトを無視している。

「なんだ雅之？　付き合っているのに、千羽さんにウチの事情を話してなかったのか？」

どうにか表情を取り繕《つくろ》っているつもりでいたが、香奈恵の様子に気付いた祐一マネージャーが問いかける。

「……」

これはもう、事実を打ち明けてしまった方がいいのではないか。

そうでないと真嶋夫妻の熱量では、このまま雅之の花嫁候補として話が進んでしまいそうである。

「あの……実は……」

覚悟を決めて香奈恵が口を開いた時、それに被せるように、雅之がよく通る声で言った。

「家族の中で俺だけが苗字が違うことは話してあったんだけど、詳しい事情は、父さんたちとの関係を見せてからの方がいいかと思って。香奈恵にウチの家族仲は険悪だと勘違いされて、結婚に二の足を踏まれると困るからね」

その言葉に、真嶋社長は豪快に笑い、祐一マネージャーはなるほどと頷いていたが、香奈恵は「結婚」の二文字に絶句してしまった。

なにを言い出すのだと口をパクパクさせ、視線で抗議する香奈恵に、雅之は「約束をお忘れなく」といった様子で目配せしてくる。

そんな二人のやり取りは、事情がわからない真嶋家の人からすれば、唐突のプロポーズに動揺する彼女と、その初心《うぶ》な反応を楽しむ恋人のように見えていることだろう。

――早く誤解を解かなくてはっ！

「あの、実は……」

拳《こぶし》を握って意を決して口を開いた香奈恵に、今度は真嶋夫人が朗《ほが》らかな声で問いかける。

「香奈恵さんは、堀江正宏《まさひろ》という政治家はご存じかしら？」

「……はい」

堀江正宏は、過去に大臣を務めたこともある大物政治家である。

その知名度がどの程度かといえば、政治に強い関心を持っているわけではない香奈恵さえ、名前を聞けばすぐに顔が浮かぶといえば理解してもらえるだろうか。

コクリと頷く香奈恵に、真嶋夫人が言う。

「私は、その堀江正宏の一人娘なの」

「えっ？」

雅之の母親の父の姓が堀江で、それと同じ苗字を彼が名乗っているということは……

「一人娘の私が堀江の苗字を捨てたことで、色々と不都合なことがあってね。……だから雅之の大学卒業を機に一族で話し合って、雅之と私の父とで養子縁組をしたのよ」

「……？」

なんのために、と首をかしげる香奈恵に、祐一マネージャーがすかさず「相続税の対策が一番の目的だよ」と補足してくる。

一般家庭で育った香奈恵にはまったく関係ない話だが、歴史があり、多額の資産を有する堀江家のような場合、親から子、子から孫へと資産を相続していくと、かなりの相続税を納める必要があるのだそうだ。

そのため雅之は、母方の祖父である堀江正宏と養子縁組をし、生前贈与の形で不動産などの資産を受け継いでいるのだという。

「あとは、父がどうしても堀江家の名を残したいと言い張って」

祐一マネージャーの説明に、夫人がそう言い添える。

とはいえ、養子縁組は書類上の話で、雅之は今も真嶋夫妻の息子で、祐一マネージャーの弟として、円満な家族関係を維持しているそうだ。

「そうなんですね……」

つまり雅之は、マシマホールディングスの御曹司であると共に、大物政治家の孫で書類上の息子ということになるらしい。

「千羽さんは、その話を聞いてどう思う？」

自分の日常からかけ離れた世界の話にポカンとしていると、祐一マネージャーに問いかけられた。

聞かされたばかりの色々な情報に、まだ思考が追いついていない香奈恵は、心にあった言葉をそのまま口にする。

「えっ、あの……雅之さんが無理をしてなくて、ご家族の中で疎外感を抱くことがないといいな……と思います」

香奈恵の言葉に、真嶋社長が不意をつかれたような顔をする。

普段ならまず見ることがない、自社の社長の素の表情にどう対処していいかわからず、香奈恵は慌てて言葉を重ねた。

「あの、眼鏡を外した雅之さんと祐一マネージャーはそっくりだと思います。以前彼が、親が『イベント関係に強い仕事をしている』と話していたことにも、納得しました」

焦ってそんなことを口走ってしまう。しかし冷静な部分では、聞かれている内容が、そういったことではないというのはわかっていた。

ただ本当に、バンドの件に関しては納得がいったのだ。雅之がマシマホールディングスの御曹司だというのであれば、ツテがあってもおかしくない。

それに、普段の彼が野暮ったい眼鏡をかけて必要以上に前に出ない本当の理由は、ここにあったのだろう。

「マシマに呼び戻す際の条件として、素性は隠したままにしたいと頼まれてな」

「まあ、知っている人は知っていたけどね」

社長の言葉に、軽く首を動かして雅之が言う。

そんな彼の言葉に、祐一マネージャーが呆れ口調で突っ込む。

「祖父《じい》様は名の知られた政治家だし、真嶋家の次男が養子に入ったって話も知られている。こちらが話さなくても、気付く人は気付くだろう」

その言葉に、香奈恵は内心「ああ……」と納得した。

雅之を部下として迎え入れる際、部長に、「扱いにくいかもしれないが気を付けて接してほしい」と念押しされたのはそういうことだったのかと、今さらながらに理解した。ついでに、晶子が彼にご執心だった理由にも納得がいく。

彼女は、「イケメン」や「御曹司」との結婚を狙っていたのではなく、「イケメン御曹司」との結婚を熱望していたのだから。

「香奈恵は、あまり噂話に興味のあるタイプじゃないから。俺のことも、部下として正しく評価して指導してくれたよ」

あれこれ合点がいった香奈恵の隣で、雅之が言う。彼のその言葉に、真嶋社長が深く頷いた。

「そのようだな。……雅之の養子縁組の話を聞いて、羨《うらや》んだり、おべっかを口にしたりすることなく、まず最初に息子の心情を慮《おもんぱか》ってくれたのは香奈恵さんが初めてだよ」

そんな社長の隣では、夫人が頬に右手を添えてしみじみと頷いているし、祐一マネージャーもそんな両親を「よかったね」といった目で見ている。

「最近雅之が、やけに積極的にマシマの仕事に関わっていると思っていたら、香奈恵さんに実力を認めてもらいたかったからだ、なんて話すから笑ったよ」

雅之は、普段弄月荘のスタッフとして働く傍《かたわ》ら、父や兄のサポート役も担《にな》っていて、休日の大半を仕事に充《あ》てているのだという。

長年外資系金融機関でキャリアを重ねてきた雅之は、父や兄とは異なる人脈を持っており、今後海外リゾートに力を入れていきたいマシマにとって欠かせない存在なのだとか。

その兄の言葉に、両親もクスクス笑いを漏らす。

それは一見、心温まる光景に見えなくもないが、香奈恵は一人、この状況に背中に冷や汗が流れるのを感じた。

——なんかこれ、真実を打ち明けにくい状況なんですけど……

救いを求めるように雅之に視線を向けると、その思いを察したように小さく頷き、優しく手を握ってきた。

それを救いの合図と受け取り、香奈恵はホッと肩の力を抜く。そんな香奈恵に、雅之は優しく微笑んだ。

しかしその瞳の奥に、彼と契約を交わした夜と同じしたたかな光が揺れる。

「——っ！」

妖《あや》しげなその光に気付いて、アッと息を漏らした香奈恵の手を持ち上げ、雅之は両親の目の前でその手の甲に唇を落として囁《ささや》いた。

「俺との約束を忘れないで」

このまま演技を続行しろと言われたことより、唇の感触の方に驚いて言葉が出なくなってしまう。

真っ赤になって唇を震わせる香奈恵の表情を堪能した雅之は、家族へ視線を移して言う。

「父さんたちに紹介した段階で、俺の気持ちは固まってる。だけど、今後のことについては、彼女のタイミングに任せたいんだ」

「な……っ」

これはまるでプロポーズではないか。

今日一日だけという期間限定の恋人にプロポーズするなんて、どうかしている！

あっけに取られ、声が出ないままパクパクと口を動かしていると、向かいの席の社長が「もちろんだ」と鷹揚《おうよう》に頷いた。

「ちょ……あの、私は…………」

雅之に手を握られたまま、香奈恵はどうにか誤解を解こうとしたが、わかっていると言いたげに社長に微笑まれた。

「そういったタイミングの判断は、若い二人に任せるさ」

「そ、そうじゃなくて……その…………あの……私と……雅之さんは……」

「祖父《じい》様は少し古臭い考えの人だけど、ウチの両親は家柄なんて気にしない。だからなにも心配しなくていいよ」

祐一マネージャーが笑顔でそう請け合う。

「だから安心してお嫁にきてね」

優しい声でそう付け足すのは、真嶋夫人である。

そんな三人から雅之へ視線を移動させると、まったく悪びれた様子もなくニッコリと微笑まれた。

「今後のことは、後で二人で話し合おうか」

雅之が甘さを含んだ声でそう囁《ささや》くと、社長はそれでいいと頷き、夫人は乙女みたいに頬を両手で包んで恥ずかしそうに体をくねらせた。

祐一マネージャーも弟を茶化すように控えめな口笛を鳴らした。

とてもじゃないが「私は偽の恋人です」なんて言い出せる状況ではない。

しかもその相手が、自社の社長と社長夫人と、勤務先のグランドマネージャーともなればなおのことだ。

「そう、ですね……ゆっくり話し合いましょう」

香奈恵としては、そう声を絞り出すのがやっとだ。

そんな香奈恵に、雅之は勝者の笑みを浮かべるのだった。

◇　◇　◇

「そんなに怒るな」

ルームサービスのワゴンを押して部屋に戻ってきた雅之は、スイートルームのリビングスペースで待つ香奈恵に微笑みかけた。

クッションを抱えてソファーに座る香奈恵は、雅之がソファー前のローテーブルにグラスやシャンパンボトルを並べていく間も、恨みがましい眼差しを向けるだけで機嫌を直す気配はない。

「……」

配膳を終えた雅之が、彼女の座るソファーの肘掛けに腰掛けると、クッションに鼻先を埋《うず》めて大《おお》袈裟《げさ》に息を吐く。

その攻撃的な息遣いに、雅之は堪《たま》らず苦笑した。

話し合いをすべく、マシマとは別系列のホテルに部屋を取って彼女を連れてきたけれど、家族と別れてから今に至るまで、終始この調子である。

何故、カフェやバーや個室のある店ではなく、ホテルに彼女を連れ込んだのかといえば、男としてのくだらない独占欲だ。

といっても、別に急いで香奈恵と肉体関係を持ちたいと思っているわけではない。

ただ閉ざされた空間を、彼女と共有できるだけで幸せを感じてしまうくらいには、自分は彼女にやられているのである。

——騙《だま》し討ちにした自分のせいとはいえ、もう少し友好的な態度を取ってもらえると嬉しいのだけど……

ついでに言えば、「真嶋の家にも関わる話だから、人気《ひとけ》のない場所で」と聞いて、素直にホテルについてくる無防備さも、彼女を愛する身としては改善していただきたい。

「なんであんなこと言ったんですか?」

なにか恨みでもあるのかと聞きたくなるような勢いで、香奈恵はクッションを抱える腕に力を入れて唸《うな》る。

「あんなことって?」

こめかみに指を添えて、一応考える仕草をしながらとぼけてみせた。すると、香奈恵は奇妙な形に引き結んだ唇を震わせる。

それは、言いたいことが多すぎて感情の処理が追いつかない時の香奈恵の癖だ。

生真面目な彼女は、自分の発した言葉に対する責任感が人一倍強い。だからブライダルプランの打ち合わせをする時なども、よくこういった表情をしている。

西村のように、その場の勢いで「大丈夫です」「よく似合ってます」と流しておけばいい場面でも、真剣に考えて丁寧に言葉を選んで話していた。

そんな彼女の真摯《しんし》な言葉や表情に、愛想がないと怒る人もいれば、誠実で信頼できると好感を持つ人もいる。

要は受け取り手の感じ方次第だ。

そして、そんな彼女の不器用なまでの生真面目さを、雅之は愛すべき長所と捉《とら》えている。

「一つ一つきちんとした言葉で教えてもらわないと、わからないよ」

好きな子を困らせて楽しむなんて、我ながら褒《ほ》められた趣味ではないと思う。しかしこれまで、散々正攻法でアプローチをかけてはかわされてきたので、ここぞとばかりに困らせて反応を楽しんでしまう。

「……っ！　…………っ」

しばらく赤面して口をパクパクさせていた香奈恵は、ついに観念したのか「その……、好きとか」とクッションに顔を埋《うず》めて言う。

その初々《ういうい》しい反応に、彼女を強く抱きしめたい衝動に駆られる。それをどうにか理性で押し留めて平然と返した。

「本当にそう思ってるから」

「なっ！」

愕然《がくぜん》とした表情で呻《うめ》く香奈恵に微笑み、雅之はシャンパンのコルクをナプキンで押さえて栓《せん》を抜く。

「好きになった経緯は昼間言ったとおりだよ。最初は人を頼るのが苦手で、その分人一倍努力する香奈恵のやり方を歯痒《はがゆ》く思って見守っていた。それがいつ恋心に変化したのかは……正直よくわからないな。強《し》いて言うなら、香奈恵の嬉しそうな表情を見るだけで幸せな気分になるって気付いた頃からかな」

その日を正確に伝えることはできないが、いつの間にか、香奈恵の行動を視線で追いかけるようになり、会えない時間に彼女がどう過ごしているのか気になるようになった。そして出張先で、香奈恵が好きそうな菓子を見かけた時、食べさせてあげたいと思うようになって、自分は彼女に惚れているのだと理解した。

それは理解というより、観念して認めたといった方がいいのかもしれない。

自分の立場を考えれば、一人の社員に特別な感情を抱くべきではないのだろう。それでも人間の感情とはままならないもので、彼女に惹かれる思いを止めることはできなかった。

そして観念して認めてしまえば、次の行動は早い。

「あっ！」

抱きしめていたクッションを雅之に取り上げられた香奈恵が、小さな声を上げた。それを取り返そうと腕を伸ばしてくる彼女の手に、シャンパングラスを握らせる。

「せっかくだから、乾杯しよう」

真摯《しんし》に仕事に取り組む香奈恵が他人を笑顔にすることにばかり気を取られているなら、自分が彼女を笑顔にしたい。

そしてできれば、自分の隣で幸せになってほしい。

「乾杯する意味がわかりません……」

納得がいかないと上目遣いでこちらを睨《にら》む香奈恵は、シャンパンを注《つ》がれないようにグラスを上下逆さまに持ち直す。

そんなことをされても可愛いと思ってしまうのは、惚れた男の弱みだ。

別にM気質があるわけではないが、香奈恵になら困らせられるのも悪くない。

「不機嫌な恋人のご機嫌を取るというのも新鮮な体験で楽しいけど、香奈恵は他にも、俺に聞きたいことがあるんじゃないの？」

「恋人じゃありません」

すかさず噛みついてくる彼女に、雅之は小さく笑って顎《あご》で時計を示す。

「まだ今日は続いているよ」

雅之に釣られて時間を確認した香奈恵は、「だとしても、本当の恋人じゃないです」と悔しそうに言い直す。

その生真面目さが彼女らしくて、つい笑ってしまう。

これ以上彼女の機嫌を損ねないよう、左手で口元を隠して右手でボトルを差し出す。

「このまま注《つ》ぐと、カーペットを汚すことになるけど？」

そうなっても、雅之はなにも困らない。

朝、チェックアウトの際にフロントで詫びれば済むだけの話である。

でも、咄嗟《とっさ》にホテルスタッフの手間を考えてしまう香奈恵は、ムッとしてこちらを睨《にら》みつつもグラスの向きを戻した。

そんな彼女に、愛おしさは増すばかりである。

グラスを満たすように彼女の心を自分の存在で満たす方法はないだろうかと悩みつつ、雅之はボトルを傾けてシャンパンを注《つ》いだ。

テーブルの上の自分のグラスにも注《つ》いでから、ボトルを置いてそれを手に取る。

ルームライトの暖色系の明かりに照らされて、グラスの中で細い鎖《くさり》のようなシャンパンの泡がキラキラと輝く。

その繊細な泡の連《つら》なりを壊さないように気を付けながら、グラスを掲げる。

「期間限定の偽の恋人に」

雅之が口にした祝杯の言葉に、香奈恵が眉間《みけん》に皺《しわ》を寄せた。

グラスを口に運び、美酒を味わう雅之が彼女に視線を向けると、ポカンとした表情でこちらを見ていた香奈恵は、急に赤面して一気にグラスを呷《あお》った。

その姿はどう見ても乾杯ではなくヤケ酒である。

「社長たちを騙《だま》して、なにを企《たくら》んでいるんですか？」

グラスをテーブルに戻した香奈恵は、感情を落ち着けるためか、自分の頬をペチペチと叩いた。

その手の爪は、仕事柄なのか短く整えられている。

雅之は桜貝のような色をした綺麗な爪を好ましく思いながら、彼女のグラスに再びシャンパンを注《つ》ぐ。

「騙《だま》したつもりはないよ。俺は香奈恵に惚れていて、結婚するなら君がいいと思っているからね」

自分がマシマに呼び戻されたのは、近く父が社長を退《しりぞ》き、兄の祐一が社長に就任するにあたって、そのサポート役を求められてのことだ。

まずは現場の空気を掴むために、素性を隠して一社員として働きたいと頼んだことから、この恋は始まった。

「マシマへの転職を決めた際、配属先の候補を幾つか挙げられた。その中に、香奈恵がチーフを務めるプチブライダルが含まれていたんだ。候補を検討する中、プチブライダル立ち上げの経緯を聞かされて、君に興味を持った」

香奈恵には言えないが、兄の祐一が配属先の候補としてプチブライダルを挙げたのは、このまま採算が取れない状況が続けば企画が廃止される可能性が高く、一時的に雅之を異動させるのに丁度いいという理由からだった。

「ああ、だからプレゼンの時のことに詳しかったんですね」

腑《ふ》に落ちたといった様子で声を漏らした香奈恵に、雅之は頷く。

「最初はどこか適当な部署で経験を積めればと思っていたけど、『弄月荘を安売りするつもりはない。誰だって努力次第で素敵な未来が待っているって、古参の社員に噛みついた』なんて武勇伝を聞かされて、どこかではなく君の下で働きたいと思ったんだ」

武勇伝という言葉に、香奈恵は気まずい顔で視線を逸らした。

しかし嬉しさも少しあるのか、頬に小さなエクボができる。

そんな表情にも、心がくすぐられた。

香奈恵にとっては恥ずかしい過去なのかもしれないが、老舗《しにせ》の看板に臆することなく、強い意思を持って自己主張できる香奈恵を頼もしく思ったのだ。

自分の人事は、勉強を兼ねた短期的なものだったが、せっかくならそんな若手の後押しをする仕事がしたいと思ったのだ。

「俺を迎えてくれた君は、不器用なくらいの努力家で、真っ直ぐな人だった。頑張りすぎていつか潰れてしまうんじゃないかと心配になったくらいだよ。気になって見ているうちに、いつの間にか心を奪われていた」

部下として働いてみると、香奈恵の仕事に対する真摯《しんし》さに胸を打たれた。それに、自分が少しでも楽をして得をしようといったズルさがない。甘えることを知らない真っ直ぐな人柄は、一緒にいて心地よく思うのと同時に、心ない誰かに傷付けられてしまうのではないかと心配にもなった。

そんな彼女に特別な感情を抱くのは、自然な流れと言えた。

「だからって、いきなり結婚って……」

段取り無視の雅之のプロポーズに、香奈恵は理解不能と難しい顔をする。

だけど、それは香奈恵の側から見た二人の距離感で、雅之の側から見ていた眺めとは異なるものだ。

「いきなりではないだろう……俺は今までも、それとなくアプローチをしてきた。それなのに、食事の誘い一つ応じてくれなかったのは香奈恵だろ？」

「それは……仕事とプライベートは分けるべきで……。それに私は上司として……」

グラスを口に運びながら雅之が責めるような眼差しを向けると、香奈恵は気まずそうに口ごもる。

そんな香奈恵に、だから仕方がないだろうと肩をすくめて雅之は続けた。

「もちろん本来なら、君に交際を申し込み、真嶋家の事情を説明した上でプロポーズをするのが正しい手順だ。……だけどその第一段階から拒《こば》まれ続け、スタートラインにも立たせてもらえない以上、やり方を変えるしかない」

この先、自分が新社長の下で担《にな》うことになる責務を考えると、自由に過ごせる時間は限られている。

どうにかして一足飛びに距離を詰められないかと悩んでいた時、思いがけないチャンスが巡《めぐ》ってきたのだ。

あの日は、兄に頼まれて商談を兼ねた食事会に出席していた。その帰り、たまたまブライダル部門のオフィスに香奈恵が一人で残っていることに気付き、綺麗にセットしていた髪を軽く崩して、いつものメガネをかけた姿で様子を見に行った。

忘れ物をしたと嘘をついてオフィスに顔を出した時は、少しでも香奈恵の顔を見たいという思いだけだったが、彼女の抱えるトラブルを聞いて千載一遇《せんざいいちぐう》のチャンスだと思った。

そして今回の提案を持ちかけたのである。

シャンパンで少し唇を湿らせた雅之は、グラスをテーブルに戻して続きの言葉を口にした。

「正当な手順を踏むのをまどろっこしく感じるほど、俺は君に惚れている。だから、告白から始まる全ての過程を一まとめにさせてもらった」

兄が社長になれば、タイミングを合わせて自分も専務の任に就くことになる。そうなれば、忙しく世界を飛び回ることになるだろうし、どうしたって私生活は仕事に侵食されていく。

自由が許される時間に限りがあるだけに、今すぐ香奈恵を自分のものにしたいという欲求を抑えることができず、かなり強引な手段を取らせてもらったのだ。

雅之としては、その責任の一端は、ここまで自分を虜《とりこ》にしてしまった香奈恵にもあると思っている。

「な……」

悪びれることなく愛の言葉を囁《ささや》く雅之に、香奈恵は絶句する。

そんな彼女に微笑んで、雅之はソファーから立ち上がるとそのまま床に片膝を突いてその左手を取る。

そして真摯《しんし》な眼差しを彼女に向けた。

「俺は本気だ。千羽香奈恵さん、俺と結婚を前提に付き合ってほしい」

「こ……恋人役は、今日一日だけの約束です」

これ以上は巻き込まれたくないと、香奈恵はソファーに背中を押し付けて距離を取ろうとする。

だけど雅之は、ここまで追い詰めた獲物を逃すつもりはなかった。

香奈恵は誤解しているようだが、自分は決して控えめな人間ではない。執着するものが少ないだけで、一度こうと決めたらかなりしつこい。

というより、この件に関しては引くつもりがない。

誰が逃すか――そんな思いを込めて、雅之は仰《の》け反《ぞ》る彼女の手を引き寄せる。

そして薬指の付け根に口付けて、上目遣いで強気の笑みを浮かべた。

「恋人役は、約束どおり今日だけで結構。明日からは、正式に俺の恋人になってほしい」

「……」

その口説き文句に、香奈恵は今さらながら自分が罠にはまったと気付き、激しく首を横に振りながら手を振り解こうともがく。

「俺は本気で君に惚れている。香奈恵から見て、俺はまったく恋愛対象外か？」

雅之は、彼女の手首を掴む手に力を込めて問いかける。

「……」

香奈恵は、自分に向けられる雅之の真摯《しんし》な眼差しに気付いてもがくのをやめた。

「こんなバカげたことをしでかしてしまうくらい、俺は本気で君が好きだ。この愚《おろ》かさに免じて、少しだけでも俺の告白と向き合ってくれないか」

その言葉に、彼女の瞳の奥で混乱とは異なる感情が揺れるのが見えた。

「……」

愚直な愛の告白を、彼女が瞬時に拒《こば》まなかったことに内心で安堵する。

雅之だって、まったく脈のない相手に、ここまで強引なアプローチなどしない。

一緒に仕事をしている時、二人の間に流れる穏やかな空気は、無意識に相手を受け入れているからこそ醸《かも》し出されるものだ。

けれど、それを香奈恵が意識しないのは……

「わ、私は、上司で……、それに、職場でそういう関係は……」

雅之の心の内を読んだように、香奈恵が予想していたとおりの言葉を口にした。

眉尻を下げる表情を見れば、それが彼女の本音なのだとわかる。

仕事に全力で取り込む香奈恵の価値観としては社内恋愛などあり得ず、それゆえに自分と恋愛をしようという意識に至らないのだろう。

仕事に励《はげ》む彼女を支えて応援したいという思いは、惚れた身として普通にある。だけど仕事を理由に、自分が恋愛対象として見なされないのは納得ができない。

「うちは別に、社内恋愛禁止じゃない」

「そうだけど……」

それでも躊躇《ためら》う香奈恵に、雅之は口角を軽く上げて挑発的な言葉を投げかける。

「じゃあ明日、社長やグランドマネージャーに『あれは演技でした。騙《だま》してすみません』と謝りに行く？　それならそれで社長にアポを取っておく。忙しい人たちだけど、息子の俺が家族の話し合いとして頼めば、時間の都合をつけてくれると思うよ」

「……っ」

その言葉に、香奈恵はぐぬぬと下唇を噛む。

「別に今すぐ結婚してくれとは言わない。ただ結婚を視野に入れた交際をしないかって、提案しているんだ。試しに俺と付き合ってみて、それで駄目だと思うなら、その時は遠慮なくふってくれればいい。付き合ったけど、結婚までは考えられずに別れた……それなら社長たちを騙《だま》したことにはならないだろ？」

「ズルい……」

香奈恵が唸《うな》るように抗議してくるが、自分にそうさせたのは彼女だ。

「俺に『もっと本気になってほしい』『自分に遠慮する必要はない』と言ったのは、香奈恵だろ。だから本気で口説かせてもらうことにしたんだ」

「そ、それは、そういう意味じゃなくて……」

そんなことは承知している。

だけどこういう言い方をすれば、律儀な性格をしている香奈恵は、自分の発言に責任を感じることだろう。

雅之は、欲しいものを手に入れるために躊躇《ためら》ったりしない。

――これはなんともアンフェアな言葉遊びだ。

困り果てる香奈恵の表情を堪能しつつ、雅之は内心で舌を出した。

香奈恵は上司として、雅之に、もっと自分のために欲張るべきというような助言をくれるが、それは大いなる勘違いだ。

雅之に言わせれば、自分はかなり強欲な性格をしている。ただ恵まれた環境に生まれたおかげで、これまでそれほど強い欲求が生じることがなかっただけだ。

どうしても欲しいものがあるなら、遠慮なく取りに行く。

その思いのまま、雅之は困り果てている香奈恵をさらに追い詰める。

「この先もマシマで働いていくつもりなら、俺の提案に乗った方が得策だと思うよ。それに、最愛の恋人のためなら、俺もより一層仕事を頑張るしね」

「そ……そんなの脅《おど》しですっ」

「脅《おど》しじゃなくて、交渉だよ。選択権は香奈恵にある」

抗議の言葉に、雅之は肩をすくめてしれっと返す。

一瞬黙り込んだ香奈恵だが、すぐに切り返してきた。

「お、お気持ちは嬉しいのですが、今は仕事が忙しく、無責任に誰かと付き合うなんてことはできません」

彼女らしい、断りの言葉である。

——そんな愚直さが、愛おしくも腹立たしい……

心の中で嘆息した雅之は、そんな彼女の意思を揺るがすべく言葉を足す。

「俺を深く知ろうともせず、仕事を口実に逃げる方が無責任だと思わないのか。断る口実に仕事を使う方がよっぽど失礼だ」

生真面目な香奈恵が、その言葉にハッと息を呑む。その反応を見て、雅之はそのまたたみかける。

「何度も言うけど、別に今すぐ結婚しようと言ってるわけじゃない。その候補としてのお試し期間を設《もう》けてほしい。その上で、どうしても無理なら別れればいいだけだ。それなら俺にも仕事にも失礼にはならないし、親父たちを騙《だま》したことにもならない。……正直、今すぐ俺を諦めさせるより、その方が簡単だと思うよ」

強く唇を引き結ぶ彼女の中で、天秤《てんびん》が揺れているのがわかる。

正直に真嶋家の人たちに嘘だと打ち明けるべきか、とりあえず付き合ってみるべきか……

しばらくして、香奈恵は苦いものを無理やり呑み込んだような硬い顔で頷いた。

「……わかりました」

躊躇《ためら》いつつも口にされた言葉に、雅之はニッと口角を持ち上げる。

それは自分の策略に、うまく彼女を乗せたからじゃない。

自分が愛するこの人は、他人の言葉に左右されることなく自分の進む道を決められる人だ。だからこれは、彼女自身が決めた答えだとわかる。

「では、明日からもよろしく。俺の最愛の恋人さん」

——全身全霊で貴女を愛し、貴女の全てを手に入れる。

心の中でそう誓い、雅之は香奈恵の手の甲に口付けを落とした。

驚いた香奈恵が、焦った挙句、右手を伸ばしてテーブルに置いてあるグラスを一気に飲み干す。

雅之としては一世一代の告白なのに、ちっともロマンチックさを感じさせない。そんな彼女の反応に苦笑いを零し、雅之は空《から》になったグラスにシャンパンを注《つ》ぎ足す。

男として、このまま彼女をベッドに連れ込みたい欲望がないわけではないが、自分が欲しいのは彼女の全てなので、それはまたの機会まで我慢しよう。

ここはひとまず、彼女の恋人の座を勝ち取った祝杯を上げようと、雅之は香奈恵の隣に座り直してグラスを掲げた。

2　迫る王子の包囲網

真嶋家との食事会から半月。

弄月荘の従業員用控え室で、共有のコーヒーメーカーの前に仁王《におう》立ちした香奈恵は、深いため息と共に眉間《みけん》を揉む。

いつもなら休憩時間のコーヒーは、ドリップの香りを含めて癒《いや》しのひと時となる。本当は紅茶の方が好きだけど、仕事中は思考を活性化させるためにブラックコーヒーを飲み、その分甘いお菓子をお茶請けにして楽しんでいた。

忙しい日はお菓子のグレードを上げたりして、うまく気持ちを切り替えている。だけど今日は、それが難しい。

——頭痛い……

それは物理的なものではなく、精神的なものだ。

雅之の一日限りの恋人役を引き受けたことで、何故か本当に彼と付き合うことになってしまった。

あの日は与えられた情報量の多さに耐えきれず、勧められるままアルコールを飲んで現実逃避に走った。その結果、いつの間にか眠ってしまったらしい。

目が覚めたら全てが悪い夢だった……で終わればよかったけれど、生憎《あいにく》そんな奇跡は起こらなかった。それどころか翌朝は、スイートルームの豪奢《ごうしゃ》なベッドで、雅之に腕枕をされて目覚めるという現実に直面する羽目になったのである。

互いに服を着ていたので、そういった行為はなかったとわかったが、衣服が乱れて寝起き特有の気怠《けだる》さを纏《まと》った雅之は男の色気たっぷりで、起きたばかりの心臓に大変悪かった。

そんな朝から完璧な男に、なんの手入れもせず酔って寝落ちした自分の寝顔を見られたと思うと、今思い出しても愧死《きし》してしまいそうな気分になる。

しかも眼鏡を取った彼は、残念なイケメンなどではなく正真正銘のイケメンで、大企業の御曹司の上、大物政治家の孫なのだ。

そんな相手と、至って平凡な環境で育った自分が釣り合うはずなどないのに、あの日を境に雅之からの猛アプローチが続いている。

職場で顔を合わせる分にはこれまでと変わりなく接してくれるけど、メッセージアプリで毎日のように愛の言葉を送ってきて、プライベートで会う時間を作ってほしいと頼んでくる。

確かに雅之と付き合うと決めたのは自分だ。

だから、ちゃんと向き合うべきなのはわかっているのだけれど……

――恋愛って、どうやってするものだっけ？

学生時代の恋人とは短期間で別れてしまったので、参考になるような経験はない。

正直、自分の恋愛偏差値がかなり低い自覚があるだけに、イケメン御曹司という言葉がピッタリくる彼に、プライベートでどう接するのが正解なのかわからず対応に困っていた。

そのため今まで、お互いの休みが合わないことを理由に、のらりくらりと彼の誘いを断ってきたのだけれど、明日は久しぶりに二人の休みが重なる。

——さすがにもう断れないよね……

実際に付き合ってみたら、告白は一時の気の迷いだったと雅之の方から別れを切り出してくるかもしれない。それならそれで仕方ないし、むしろ自分から別れを切り出すより可能性が高いような気がする。

とはいえ、自分で付き合うと決めたのに、なんの努力もせずにただフラれるのを待つというのはどうだろう。

なかなかの騙《だま》し討ちではあったけれど、雅之はそれ相応の覚悟を持って告白してくれた。ならば自分も、それに値する覚悟と努力を返すべきだろう。

「……」

「チーフ、コーヒーメーカー止まりましたよ」

そのためにはどうすればいいかと考えていると、横からそんな声が聞こえてきた。

見ると、コーヒーカップを手にした晶子が軽く首をかしげて顔を覗き込んでいる。

「ああ、ごめん。ぼーっとしてた」

慌てて自分のカップにコーヒーを注《つ》いでいると、晶子は両手で包み込むようにして持っていた淡い桜色のマグカップをこちらへ差し出してきた。

控え室に備え付けられているコーヒーメーカーは、容量が大きくて保温性能も高いので、いつも適当に数人分をまとめて作る。自分のカップをコーヒーで満たした香奈恵は、そのついでに晶子のカップにもコーヒーを注《つ》ぐ。

「砂糖とミルクを入れるので、入れすぎないでくださいね」

生まれ持っての末っ子気質の晶子は、当然のように注文をつけてくる。

注文どおりの量を晶子のカップに注《つ》いだ香奈恵は、その場を離れて先にお菓子を置いていた小さな丸テーブルの椅子を引く。

一人暮らしの部屋には、常に癒《いや》し用のお菓子をストックしている。本日のお菓子は、疲弊《ひへい》しきっている自分を最大限に甘やかすべく、一番のとっておきを選んで持ってきた。

あれこれ悩んでいても、お菓子を前にすればテンションの上がる自分は、なかなかにお手軽な性格をしているのかもしれない。

今日はとっておきのお菓子なので、なおのことだ。

デパ地下のチョコレート専門店で購入したそれは、フリーズドライの苺《いちご》をホワイトチョコレートでコーティングしたもので、味を想像するだけで表情が和《やわ》らぐ。

いそいそと三個入りのお菓子の箱を開封していると、向かいの椅子に何故か晶子が腰を下ろした。

同じ部署にいるからといって、彼女とは普段から一緒に休憩タイムを過ごすような親密さはない。他にも空《あ》いているテーブルはあるので、なにか相談でもあるのだろうかと様子を窺っていると、晶子はカップにミルクと砂糖を入れて木製のマドラーでクルクルかき回している。

軽やかな動きを見ている分には、深刻な悩みを抱えている様子はない。それでもわざわざ相席をしたのだから、なにか話があるのだろう。

そう思って晶子が話し出すのを待つ間に、コーヒーを啜《すす》った香奈恵は、チョコを一つ摘み上げて口の中に放り込む。

右側の頬を軽く膨らましながら奥歯でそれを噛むと、滑《なめ》らかな舌触りのホワイトチョコレートと酸味のあるフリーズドライの苺《いちご》が口の中で混じり合っていく。

——美味《おい》しいものと美味《おい》しいものの、相乗効果！

晶子の存在を忘れてとっておきのお菓子を堪能していると、彼女は香奈恵の前に置いてある箱から、ひょいと一つチョコを取り上げ、自分の口に入れてしまった。

「ちょっと、それ……！」

あまりに自然な動きで、止める暇がなかった。

唖然とする香奈恵に構うことなく、晶子は豪快にチョコを噛み砕く。

「あ、なんかこれすごく美味《おい》しい」

言いながら晶子の指がチョコの箱に伸ばされるのを感じて、香奈恵は箱を引き寄せる。ついでに自分の手でしっかりガードした。

どうやら晶子は、お菓子狙いで相席してきたらしい。

チョコとコーヒーのベストなペース配分を組み立てていた香奈恵が、じっとりと非難の眼差しを向けていると、晶子が上目遣いで舌をちろりと出した。

えへへ……と悪びれる様子もなく笑った晶子は、さすがにもう一つチョコを奪うのは無理と判断したのか、伸ばしかけていた指を引っ込める。

彼女の用件はこれで終わりと判断した香奈恵がむっつりとコーヒーを啜《すす》っていると、晶子がテーブルに両肘を突いて身を乗り出してきた。

「チーフ、明日休みですよね？」

「うん」

——もしかして休みを代わってほしいのかな？

急な予定変更のため、休みを入れ替えることはままある。

なにか用事ができたのなら、変わってあげるべきだろうか、そんなことを考える香奈恵に、晶子は目を輝かせて言う。

「チョコのお礼に、合コンに行きませんか？」

「はい？」

唐突な誘いに、目を丸くする。そんな香奈恵に、晶子は周囲を確認しながら声を潜《ひそ》めて続ける。

「実は今日、歯科医との合コンがあるんですけど、一人欠員が出ちゃって……。チーフなら、ギリありなラインなのでどうですか？」

ギリありというボーダーラインが、なにを示しているのかわからないけど、それはお礼ではない。チョコを奪われた上に、合コンの欠員補充まで押し付けられては堪《たま》らない。

「遠慮しておく」

半眼で返す香奈恵に、晶子は「え〜」と抗議の声を上げる。

「そんな顔しても行かないわよ」

香奈恵にはなんの関係もない話である。

「だいたい、私がそういうのに参加するタイプに見える？」

「全然。そもそもチーフ、そういうのに免疫なさそうですよね。もとから女子で群れるの嫌いそうだし。男女の出会いに関しても、ちゃんとした段取り踏まないと、恋愛も結婚もしちゃダメって思っていそうで、昭和前半の生き残り的な堅物人間のイメージです」

晶子は首を横に振るついでに、なかなか失礼な感想を伝えてくる。

だが悔しいことに、まったくもってそのとおりなのだ。

学生時代から自分のルールに従って動く性分の香奈恵は個人行動が多かったし、これまで合コンといったイベントに参加したこともなかった。

ついでに言えば、この性格やテンションの低さが災《わざわ》いして、昔の恋人に別れ際「お前なんかと付き合って損した」となじられたことも、香奈恵が恋愛やそうしたイベントから遠ざかる一因となっている。

なにはともあれ、ただでさえ頭の痛い問題を抱えているのに、晶子の相手までする気力はない。

もし香奈恵が気軽に合コンに参加できるような性格だったら、雅之との付き合い方に悩むこともなかっただろう。

「……ん？」

ということは、合コンに参加できるだけのスキルがあれば、今抱えている悩みは解決するのでは？

逆転の発想とも言えるそんな思いが脳裏を掠め、晶子へ視線を向ける。それに気付いた彼女は目を輝かせた。

「本当は、ちょっと興味あるんじゃないですか？　イケメンいっぱいで楽しいですよ」

そんなふうに言われて、急に冷静さを取り戻す。

たった一人のイケメン王子を持て余しているのに、イケメンがいっぱいの場所に行って楽しいはずがない。

「やっぱり疲れそうだから、遠慮しておく」

冷静に考え直して断ったが、晶子は簡単に引き下がらない。

自分の要望が通るまでしつこく交渉してくる晶子の性格には慣れているので、香奈恵はそれをB

ＧＭとして聞き流すことに決めて、最後のチョコを堪能することにした。

コーヒーで舌を整え、最後の一個に手を伸ばした時、横から伸びてきた手がひょいとそれを持ち上げる。

驚いて顔を上げると、いつの間に来ていたのか、傍《かたわ》らに立つ雅之が香奈恵のチョコを指で摘んでいた。

今の彼は、いつもの野暮ったい眼鏡をかけ、ネクタイをきっちりと結んでいる。

それは香奈恵のよく知る雅之の姿なのに、眼鏡の奥に隠された彼の正体を知ってしまった後では、スッと目を細められるだけで妙に色っぽく感じてしまう。

「それ、私のです」

内心の動揺を悟られないように香奈恵が尖った声で抗議すると、雅之はわざとらしく目を見開いて驚いた表情を作る。

「すみません、美味《おい》しそうでつい。……お返しします」

しおらしく肩を落とした雅之は、そのままチョコを摘んだ指をこちらへ伸ばしてきた。

晶子もいるのでさすがに控えているが、眼鏡の奥の表情は十分こちらを誘う色気に溢《あふ》れている。

恋人なら、食べさせてもらうのが普通とでも言いたいのだろうか……

チョコレート越しに艶《つや》っぽい表情を浮かべる彼と見つめ合っているうちに、自分が彼からチョコを食べさせてもらう光景が脳裏に思い浮かぶ。

迷走し始めた思考が生み出したその光景は、なんだかひどく官能的である。

「……いいです。堀江さんが食べてください」

前のめりになってこちらを覗き込んでいる晶子の存在に気付き、香奈恵は疲れた様子で首を横に振る。

「では遠慮なく」

こちらの邪《よこしま》な妄想を見透かしているとでも言いたげに意味深な表情を見せた後で、雅之は指で摘んだチョコを口に入れる。

その味がお気に召したのか、雅之はうっとり目を細めて咀嚼《そしゃく》し、名残《なごり》惜しげに指先を舐《な》めた。

「……っ」

ただそれだけなのに、やたらと色気が漂《ただよ》ってくるので扱いに困る。

眼鏡をしている彼でさえこうなのだ。休日のイケメン御曹司オーラ全開の彼と、自分はきちんと向き合えるのだろうか。

——とりあえず、イケメンに免疫が欲しい……

「チーフ、なんだか調子悪そうですが、二日酔いですか？」

チョコを食べ終えた雅之が、心配そうに香奈恵の顔を覗き込む。

「ちょっと、色々と考えることがあるだけです」

言外にその原因は貴方だと、香奈恵は難しい顔でコーヒーを啜《すす》り、その苦さに顔を顰《しか》めた。

こうなると、チョコの甘さを考慮してブラックコーヒーにしたことが悔やまれる。

「ごちそうさまでした」

無理やりブラックコーヒーを飲む香奈恵の肩を軽く叩いて、雅之はあっさりとその場を離れていった。

晶子が雅之に可愛く手を振って見送っている。

その表情は、一途に雅之を慕っているといった感じだ。たった今、香奈恵を合コンに誘っていたのにと呆れつつ、晶子のような愛嬌《あいきょう》が少しでもあれば、雅之との接し方にここまで悩まなくてもよかったのかもしれないと思うと少しだけ羨《うらや》ましくなる。

日々イケメン御曹司との出会いを求めて出歩いている彼女なら、イケメンに対する免疫もさぞ高かろう。

――西村さんを羨《うらや》ましく思う日がくるなんて……

その時、テーブルに伏せておいた香奈恵のスマホが震えた。画面を確認すると、雅之からのメッセージだ。

体調不良でないなら、今夜、チョコのお返しに食事でも……そんな内容が書かれている。

そのメッセージに頭痛が増す。

いっそ体調不良ということにして断ってしまおうか。そう考えてスマホを操作しかけた時、雅之から「体調が悪いなら、家まで送るよ」と次なるメッセージが届いた。

「……」

香奈恵は再びこめかみを押さえた。

「なにか不幸なお知らせですか？」

画面を消して項垂《うなだ》れている香奈恵に、晶子が聞く。

「不幸……ではないよ」

仮にも彼は、自分の恋人なのだ。

その恋人が食事に誘ってくれたのに、こんな反応を示すのは間違っているのだろう。

それはわかっているけれど、恋愛経験の乏《とぼ》しい香奈恵にとっては、難問でしかなかった。

「なにか嫌なことがあるなら、やっぱり気分転換に合コンに行きましょうよ」

誘う口実ができたとばかりに晶子は小さく拍手して、香奈恵の興味を引こうと言葉を重ねる。

「なんでも難しく考えるの、チーフの悪い癖です。そういうの重いって、男性に敬遠されちゃいますよ。……他の女子も来るし、『イケメンを愛《め》でながら食事を楽しむ』くらいの感覚で、気軽に参加してくださいよ。今日の女性陣は、みんな明るくて盛り上げ上手だから会話も弾むだろうし、きっといい気分転換になると思います」

「……」

難しく考えるのは悪い癖、男性に敬遠される、イケメン、盛り上げ上手で会話も弾む……

何気ない言葉に、今の自分が必要としているものが揃っていることに気付いて、香奈恵はまじまじと晶子を見た。

「興味湧いてきました？」

コクリと頷きかけた香奈恵だが、ちょっと待ったと晶子に手のひらをかざす。

そして一度はブラックアウトしたスマホを開いて、雅之にメッセージを送った。

晶子の言葉に心引かれるものはあるが、恋人がいるのに合コンに参加というのは、随分不誠実な振る舞いのような気がした。

もちろんやましい気持ちなどないが、それでも雅之が止めるなら参加はしない。

素早く指を動かし、晶子に誘われた合コンに参加してもいいかとお伺いする。

するとすぐに既読マークが付き、そのまま「香奈恵が行きたいなら止めないよ。楽しんできて」とメッセージが返ってきた。

その文字を確認して、香奈恵は晶子へと視線を戻す。

「合コン、やっぱり行ってもいい？」

香奈恵の言葉に、晶子がニコッと笑う。

「いいですよ。連れて行ってあげます」

自分から誘っておきながら、どこか偉そうな晶子は、そのまま本日の合コン会場のＵＲＬを送ってくれた。ついでに、今日の男性陣の簡単なプロフィールを説明してくれる。

別に合コンに興味があるわけではないので、香奈恵は適当に聞き流す。そうしながら、先ほどの雅之のメッセージを読み返した。

今後のために参加を許してもらえたのはありがたいのだけれど、その反面、あっさりと許可されすぎてチリリとした痛みが胃を刺激する。

――なんだろう、この感覚……

この胃の不快感も、恋愛偏差値が低いせいだろうか。

それならなおのこと、今日の合コンで大人の女性としての正しい振る舞い方を学ばなくてはいけない。

胃のあたりをさっと撫でて、明日の休みに会いたいとメッセージを送ると、それを歓迎する雅之からのメッセージがすぐに返ってきた。しかも、香奈恵に誘われたのを喜ぶイラストメッセージまで添えられている。

愛嬌《あいきょう》のある犬が飛び跳ねて喜ぶイラストメッセージ。そのキャラクターは、もともとは香奈恵が好んで使っていたものだ。

雅之がそれと同じものを購入して、最近よく送ってくるようになった。

何気ないところに自分の影響を感じて、ざらつく気持ちが微かに和《やわ》らいだ。

それでも残る胃の不快感は、苦いコーヒーで無理やり飲み込んだ。

◇　◇　◇

件《くだん》の合コンは、最近都内にオープンしたというイタリアンの名店で開かれるということだった。

ビジネス街であると同時に、流行発信地としてもよくメディアで紹介されるエリアにテナントを構える店の内装は、さすがの一言に尽きる。

メインダイニングの壁面いっぱいに描かれた絵は、シチリア島にある本店の窓から見える景色をモチーフに、夕陽が沈むシチリア海を描いているのだという。

存在感を放って人目を引くのに、変に気取った様子がないぬくもりを感じる絵を見るだけで、香奈恵はこの店に好感を持った。

名店と言われるだけあって、料理も丁寧な仕事を感じさせる上品さがあるのに、気取ったところがなく、一皿ごとに幸福な味わいを楽しむことができた。

ただ……

コースではなくアラカルト形式の料理とアルコールを楽しむ状況は、食事会というより、飲み会といった方がいいかもしれない。メンバーは晶子が言うとおり、イケメンといって遜色《そんしょく》ない男性陣と話し上手な女性陣で、美味《おい》しい食事と共に会話が弾んでいる。

「イタリアン、好みじゃなかった？」

賑《にぎ》やかな食事会が始まって一時間ほど経った頃、香奈恵の食事のペースが他より遅いことに気付いた向かいの席の男性がそう声をかけてきた。

もし苦手な料理が並んでいるなら好きなものを新しく頼んではどうかと提案し、スタッフを呼ぼうと軽く手を動かす。

そのスマートな気遣いに、同じ列に座る女性陣の空気が微かにピリついたのは、彼が本日一番人気の男性だからだろう。

「すみません。すごく美味《おい》しいんですけど、今、胃の調子がちょっと……。あと、皆さんの話を聞くのに夢中になっていて」

昼間、お菓子を横取りされて、ブラックコーヒーを無理やり飲み干したせいか、未だに胃に違和感がある。

それに今日は、食事を楽しみに来たのではなく、恋人として雅之と向き合うために必要なスキルを学びに来たのだ。

料理が苦手なわけではないと説明すると、他の女性陣が小さく笑って耳打ちし合うのが視界の端に見えた。

その様子に居心地の悪さを感じてしまう。

——合コンって、個人競技であり、団体競技なんだね。

それが生まれて初めて合コンに参加した香奈恵の正直な感想である。

晶子の友達である女性陣は、それぞれ誰もが華やかで何気ない所作が可愛らしい。その上、揃って話し上手である。

彼女たちは観察眼にも優れていて、誰が誰をマークしているのか察して、会話が弾むように言葉のパスを回し、その代わりに自分のフォローもしてもらう。しかしそうかと思えば、マークしている相手が被っていると、さりげなく足を引っ張り合うようだ。

もちろん、ここにいる人たちは意地悪なわけではない。飛び入り参加の香奈恵にちゃんと気を遣って話を振ってくれた。

それでも意中の男性が香奈恵に優しい顔を見せると、ちくりと棘《とげ》を見せてくる。

この巧みな駆け引きを、自分ができるとは欠片《かけら》も思えない。

あまり収穫があったとは言えない合コン参加ではあるが、とりあえずこうやって、間近で大人の男女の恋の駆け引きを眺めていると、この後、誰と誰がうまくいくのか気になるのは人間心理というものである。

――恋愛バラエティ番組が流行《はや》る理由がわかった気がする。

いつの間にか、香奈恵は本来の目的の達成を諦めて周囲を観察していた。

ここまでの観察でわかったことといえば、自分には彼女たちのような可愛げがまったくないということだ。

おそらく自分には、遺伝子レベルで可愛げが足りていないのだろう。

それならもう、可愛いを身につけるのは諦めた方がいい。

せめてイケメンなる存在に免疫を作ろうと、向かいの彼に真っ直ぐな視線を向けると、軽くグラスを揺らして優しく微笑みかけられる。

そんなことをされても反応に困ると視線を逸らすと、隣に座る晶子が声をかけてきた。

「先輩、少し外の空気吸いに行きませんか？」

さすがにこういった場所で「チーフ」と呼ぶのは好ましくないと、彼女は香奈恵を「先輩」と呼んでいる。

そんな彼女は、こちらの返事を待つことなく立ち上がったので、香奈恵もその後に続いた。

晶子に促《うなが》される形で二人連れ立っていく先は、お手洗いである。

手を洗う晶子から「すみません。今日の男性メンバー、ハズレです」と謝られた。

「ハズレ？　いい人たちそうじゃない？」

楽しんでもいないが、不快な思いもしていない。なにより香奈恵は、この場に勉強のために来ているのだ。

不思議そうな顔をする香奈恵に、晶子はわかっていないと首を横に振る。

「あの人たちが優しいのは、誰とも特別な関係になるつもりがなくて、楽しくお酒を飲みたいだけだからです。一人なんか、隠すことなく左手薬指に指輪してましたし」

「なるほど……」

香奈恵は出会いを求めているわけではないので別にそれでも構わないけれど、鏡越しに視線を向けてくる晶子はひどく不満げな顔をしていた。

自動センサーで流れる水が止まっても手を動かさない晶子に視線を向けると、ポロリと零される。

「実は今、彼と揉めてて……」

「え、彼氏……いたの？」

散々合コンに行ったり、雅之に熱烈なアプローチをかけたりと忙しそうだったので、てっきり恋人はいないのだと思っていた。

素直に驚く香奈恵に「チーフ、ひどい」と抗議しながら、晶子はやっとペーパータオルに手を伸ばす。

「もちろん彼氏って言っても、ちゃんと付き合ってるわけじゃないですよ。ただ広告代理店勤務で、実家は地方の資産家で、私に夢中だから、結婚相手にいいかなと思っているだけです」

「そ、そうなんだ……」

返事はしたものの、ちゃんと付き合っていない人を結婚相手に考える思考が理解できない。

頭の中に幾つもの「？」マークを浮かべている香奈恵に構うことなく、丁寧に指先を拭きながら晶子が続ける。

「彼、長男だったんです。上にキョウダイがいるって言うから、てっきり次男だと思っていたのに、ひどくないですか？　長男って面倒そうだからナシですよね」

なんだその偏見は……と呆れる香奈恵に、晶子はさらに言い募《つの》る。

「リッチでリスクの少ない結婚がしたいけど、親族絡みの面倒は嫌なんです。だから私、結婚するならそれなりの財産分与がありそうな家の次男以下と決めているんです。それなのに彼、今になって『実は長男で、ゆくゆくは地元に異動願いを出すつもりだ』なんて言い出すんですよ」

常に与えられる側でいたい晶子としては、夫の家族や親族を支える側に立つことなど考えられないようだった。

仕事柄、冠婚葬祭の際に長男の嫁という理由で様々な面倒事を一手に担《にな》う人たちを見てきたせいかもしれないけど、かなり偏《かたよ》った意見ではある。とはいえ香奈恵も、晶子の意見がまったくの的外れではないことを承知している。

彼女が祐一マネージャーでなく雅之にアプローチしていたのは、そういうことらしい。

「でも、結婚とか恋愛って、そういうものだけじゃないでしょう」

さすがに夢がなさすぎると呆れる香奈恵に、晶子がピシャリと言い返す。

「恋愛と結婚を一緒にしないでください。結婚はビジネスです！」

「……はい？」

これまで持ち合わせていなかった価値観に直面して目をぱちくりさせていると、晶子は優しく嚙み砕くような口調で言う。

「チーフ、もっと大人にならないと駄目ですよ。……よく考えてみてください、結婚することで社会的損失が大きいのは、女なんです。結婚や出産で仕事に制限を受けるのは女なのに、離婚したら社会的ブランクのある女性の方が圧倒的に不利な立場に立たされるなんておかしいじゃないですか。だから私は、ちゃんとリスクヘッジをした上で結婚するんです」

そこに強い決意を込めるように、晶子は硬く小さく丸めたペーパータオルをゴミ箱に投げ入れて宣言する。

「結婚も出産もしたいけど、私は自分の人生を安売りする気はないです。結婚でこちらの人生を差し出すのなら、それ相応のものを与えてくれる人を選びます」

共感はできないが、そこまでハッキリ決意宣言をされると、彼女の日々の行動力に妙な感動を覚えてしまう。

「……本気でそう思っているなら、頑張って。もし結婚するなら、幸せになる結婚をしてほしいから」

それは、仕事で接する全ての新郎新婦に対して願うことである。

結婚に対する価値観は人それぞれだ。人生を共に生きたいと思える人に出会って、末長く幸せであってほしいと思う。

あと晶子は、結婚出産における仕事のブランク云々《うんぬん》を語るのであれば、普段の仕事をもう少し頑張っていただきたい。

香奈恵のエールに力強く頷いた晶子は、「チーフも、頑張らないとだめですよ」とこちらへ体を向けた。

「私？　私はちゃんと頑張ってるよ」

だからこそ、この年齢でチーフの職を任されているのだ。

「仕事じゃなくて、人生の潤《うるお》いの話です。結婚するしないは別としても、チーフは仕事に肩入れしすぎです。そんなに仕事にばかり本気出していると、仕事で転んだ時に痛い思いをしますよ。あーあ、日々のお詫びも兼ねて、せっかく好物件の合コンに誘ったのに」

「心配……してくれてたんだ」

「当たり前ですよ。チーフが努力家なのはともかく、さすがに一人で抱え込みすぎてて、見てると心配になります。……ていうか、後輩に心配させないでくださいよ」

プンと頬を膨らませた晶子に、あれこれ考えすぎていた気持ちがふと緩む。

——そういえば、雅之さんにも似たようなこと言われたな。

人を頼るのが苦手な香奈恵を見ていると歯痒《はがゆ》くなると言われたことを思い出す。それと同時に、食事会の前に彼と過ごした時間を思い出した。

あの時は、本当に付き合うことになるなんて思ってなかったから、自然な気持ちでお互いの好みや思い出について語り合い、素直に感情を出して笑い合った。

人生の潤《うるお》いというのであれば、まさにあの時間がそうだったのだろう。

雅之との何気ない言葉のやり取りが楽しくて、満ち足りた思いに心がいっぱいになった。

「気にかけてくれてありがとう」

素直な気持ちでお礼を言うと、晶子はしょうがないなぁと肩をすくめる。

小さい子が背伸びをしてお姉さんぶっているようなその姿に、たまには公私のこだわりを捨てて、職場の人間とプライベートな時間を過ごすのも悪くないと思った。

改めて晶子に今日のお礼を言って、席に戻ろうと誘う。

「私、ちょっとメッセージの返事してから戻ります」

席を立つ時に持ってきたスマホを揺らす晶子を見て、香奈恵は先に戻ることにした。

席に戻ると、先ほどの本日の一番人気の男性が、すかさず体調を確認してくる。

「胃の調子は大丈夫？　ノンアルコールの温かい飲み物の味に興味あるから、僕の代わりに飲んで感想を聞かせてよ」

そう言って、フロアスタッフに軽く手を上げて合図を送る。

このさりげない配慮が、本日の一番人気の要因なのだろう。背も高く、なかなかスッキリと整った顔立ちをしている。

晶子によると、彼の優しさもこの時間を楽しく過ごすための気遣いらしい。ならば、変に構えることもないと、香奈恵は素直に飲み物をワインから胃に優しそうなホットドリンクに変えさせてもらう。

会話の聞き役に徹しながら、先ほどの晶子の言葉について考える。

さすがに「結婚はビジネス」とまでは思わないけど、結婚をすることで互いに失うものと得るものがあるのも事実だ。

雅之から結婚を前提に付き合ってほしいと言われたけれど、彼はこの結婚になにを求めているのだろう？

そしてもし、彼との結婚を真剣に考えるのであれば、それは自分にも当てはまる。

——私、結婚になにを求めているのかな？

「……」

あれこれ考えていると、晶子が戻ってきた。

それをきっかけに、話題が最近この近くにできた商業施設についてに変わる。

意見を求められた香奈恵も控えめに会話に参加し、それなりに楽しむことができた合コンは、二時間ほどでお開きになった。

店を出ると、アルコールで上気した肌にじっとりした夏の夜気がまとわりつく。そんな中、あたりにはしゃぐ男女の声が響いている。

香奈恵以外のメンバーは、このまま店を変えて飲むことで話がまとまったようだ。

「先輩は、行かないんですか？」

「うん。明日は用があるから、今日は早く寝たいし」

一応残念そうな顔をした晶子だが、香奈恵がそう返すと、それ以上引き留めることはなかった。

香奈恵は他のメンバーと別れて、一人駅に向かって歩き出す。その腕を、背後から不意に掴まれた。

「――っ!」

大きく息を呑んで振り返ると、そこには先ほど別れたはずの本日の一番人気の男性が立っていた。

肩で息をしている彼は、足を止めた香奈恵に、ホッとした表情で腕を掴んでいた手を離す。

「本当に、もう帰るの?」

よほど急いできたのか、軽く腰を屈《かが》めて両膝に手をつきながら聞いてくる。

「はい」

そんなことを確認するために、わざわざ走ってきたのだろうかと驚く。

「もう少し、君と話がしたいんだけど駄目かな?」

「え、なにを?」

聞き役に徹していた香奈恵には、彼とそれほど言葉を交わした記憶がない。だから本当に、彼が自分となにを話したいのかわからず、咄嗟《とっさ》にそう聞いてしまう。

すると彼は、いよいよ困ったというように目尻に小さな皺《しわ》を刻んだ。

「ずっと考え込んでいるみたいだったし、なにか悩みがあるのなら、僕でよければ喜んで聞くよ」

「……実は、冴えない感じの部下がいまして、でもそれは世を憚《はばか》る仮の姿で、実は自社の御曹司だったんです。それだけでも衝撃なのに、そんな彼と結婚を前提としたお付き合いをすることになってしまって、対応に苦慮しています」

「はぁ？」

香奈恵の言葉に、目の前の男性は間の抜けた声を漏らす。

香奈恵自身、改めて言葉にしてみると、自分の置かれている状況のあまりの現実味のなさに笑ってしまう。

「なんてね」

香奈恵は軽く肩をすくめて全てを冗談として片付けた。

そして改めて彼の気遣いにお礼を言って、再び駅に向かおうとした。しかし彼が踵《きびす》を返した香奈恵の前に回り込んで進路を塞ぐように立ちはだかる。

「鷲山透《わしやまとおる》です」

「……？」

不意に名乗られてキョトンとしていると、本日の一番人気こと鷲山透が、面白そうに笑う。

「やっぱり、名前すら覚えてもらえてなかった。あの場所で、君だけが男性陣に興味を示さなかったから逆に気になって、もう少し話してみたくなったんだ」

屈託のない表情で笑う彼は、そのまま香奈恵の肘あたりを掴もうと手を伸ばしてくる。

しかしその手が触れるより先に、背後から伸びてきた腕に抱きしめられた。

と同時に、香奈恵の心を落ち着かなくさせる甘い香りを感じた。

それだけで、自分を抱きしめる相手が誰かわかる。

「悪いけど、俺の恋人に気安く触らないで」

甘く低い声が鷲山を牽制《けんせい》する。

香奈恵を包み込むように抱きしめた雅之は、彼女の頭の上に自分の顎《あご》をのせる。

「え、あれ……」

唐突に現れた雅之に驚いた鷲山は、香奈恵と彼を忙《せわ》しなく見比べている。

香奈恵が無理やり体を捻《ひね》って背後の雅之を見上げると、彼はいつもの眼鏡を外し、上質なシャツに薄手のカーディガンを羽織り、髪もきちんとまとめていた。会社の時とは違い、ハイセンスな街に溶け込む完璧な大人の男に仕上がっている。

「どうしてここに？」

不思議そうな顔をしていると、今度は肩を抱き寄せられた。

当然のように肩を抱かれながら、香奈恵は一瞬、じっとりとした夏の湿度を忘れて心地よさを感じる。

そして、そんなふうに思った自分に「ああ……」と諦念《ていねん》の息を漏らした。

恋人として、彼との向き合い方がわからなくて悩んでいたはずなのに、顔を見た途端、そんなことはどうでもよくなってしまう。

——この人が好きだ。

心からそう思う。

食事会の日、雅之と過ごした時間は、香奈恵の中で特別な思い出になっている。あんな奇跡のような時間、そうそう作り出せるはずがない。

だからこそ、普通にデートしてありのままの自分を晒《さら》してしまったら、雅之につまらない女だとガッカリされるかもしれない。それが怖くて足掻《あが》いてしまうくらい、自分はこの人が好きなのだ。

彼の顔を見た途端、どうしようもない愛おしさに心が満たされる。

香奈恵の体が引力に引き寄せられるように雅之の方に傾くと、雅之がそっと息を吐く。

「迎えにきた。香奈恵のことは信頼しているから合コンに行くのは止めないけど、恋人としての独占欲は捨てられない」

そう話す雅之は、鷲山に「男ならわかるでしょ？」と親しみを込めた笑顔を向ける。そんな彼の視線に、鷲山は困った顔で頷いた。

「ええ。魅力的な恋人を持てば、なおのことですね」

そう請け合って、悪気はなかったと雅之に謝罪をする。そして香奈恵には、こんな素敵な恋人がいれば他の男に興味がないのも当然だ、というようなことを言って仲間のもとへ戻っていった。

鷲山の背中を見送り、香奈恵はもう一度疑問を口にする。

「どうしてここにいるんですか？」

肩に回していた腕を解いた雅之が、香奈恵の手を握り直しながらこともなげに言う。

「香奈恵のお迎えだよ」

「そうじゃなくて……」

どうしてこの場所がわかったのかを聞きたいのだ。

そのことを言葉にするより先に、雅之が肩をすくめる。

「西村さんが教えてくれた」

「え？」

思いがけない返答に、目をパチクリさせてしまう。雅之は香奈恵の手を引いて歩きながら、種明かしをしていく。

「香奈恵、西村さんと合コンに行くって言っただろ？　だから時間を見計らって、西村さんに『今、なにしている？』ってメッセージを送ってみたんだ。そうしたらすぐに彼女から、君に誘われて食事をしているって返事があったから、さりげなく店の名前を聞くと、すぐに教えてくれたよ」

その言葉に、さっきお手洗いで彼女がスマホを操作していた姿が蘇《よみがえ》る。

そんな香奈恵に、雅之がついでといった感じで付け足した。

「ちなみに、今日は香奈恵に元気がなくて愚痴を聞いているから、食事の誘いとかなら今度是非ゆっくりできる時に……といったことも書かれていたよ」

「ああ……」

香奈恵を心配して合コンに連れ出したかと思えば、雅之にはシチュエーションからしてまるで違うことを伝えているとは。

恋人がいるにも拘《かか》わらず、リスクヘッジも欠かさない晶子のたくましさに、つい笑ってしまう。

「合コン、楽しかった？」

晶子のことを考えてクスクス笑っていた香奈恵に、雅之が聞いてくる。

「食事は胃の調子が悪いのが残念なくらい、美味《おい》しかったです」

素直にそう返してしまうのは、触れる彼の手の感触が心地よいからだ。

蒸し暑い夜なのに、彼の手は冷たくサラリと乾いている。完璧な男前というのは、体温まで完璧らしい。

そんなことに感心してしまう自分は、思いのほか酔っているのだろう。

顔を上げると、香奈恵の視線に気付いた雅之が、そっと目を細めて蕩《とろ》けるような微笑みを浮かべる。その表情にじわじわと頬が熱くなり、鼓動が高鳴っていく。

恋人として彼と向き合う前に、もう少しイケメンに対する免疫が欲しいと思っていたけど、どうやらそれは無駄な悪足掻《あが》きだったらしい。

自分の胸を高鳴らせる存在は、雅之一人なのだから。

他の男性と話をしたところで、彼というイケメンに対する免疫は手に入らない。

そんなこともわからなくなるくらい自分は恋に不慣れで、それと同時に、この人に夢中になっていたのだ。

胸に湧き上がるくすぐったい感覚を持て余して、繋いだ手に少しだけ力を込める。するとそれに応《こた》えるように、雅之が繋いだ手を軽く揺らす。

「それは残念。じゃあ今度、もっと美味《おい》しい店でデートをしよう」

軽やかな声で返した雅之に、合コンに参加した香奈恵を咎《とが》める気配はない。

「どうしてわざわざ迎えにきてくれたんですか？　明日になったら会えるのに」

自分の部屋に帰ったら、雅之に連絡して明日の予定を決めるつもりでいた。

香奈恵の言葉に、雅之は困った顔をして言う。

「心配だったから」

「心配……ですか？」

よくわからないといった顔をする香奈恵に、雅之が頷く。

「俺は別に、香奈恵の人生を支配したわけじゃない。だから香奈恵が合コンに行きたいなら止めないし、そこで出会う男に負けないように自分を磨くだけだ。……そうは思っても、やっぱり不安にはなるよ」

「……」

彼ほどの男性が、なにを不安に思うことがあるのだろうか。

その眼差しを受け止めた雅之は、微かに眉尻を下げて鼻の脇を掻く。

——テレてる？

彼の仕草にそんな考えが浮かぶけど、自分相手にそんなことがあるだろうか。

そこでふと足を止めた雅之は、繋いでいない方の手で香奈恵の髪をそっと撫でる。優しい手つきで香奈恵の髪を梳《す》き、はにかんで言葉を続けた。

「今日、香奈恵のチョコを横取りしたのは、食事に誘う口実が欲しかったからだ」

「……」

「男って奴は不器用だから、一緒にいるために口実が必要なんだよ。食事に誘う口実が欲しくて、香奈恵の大事なチョコを摘み食いした。……それなのに西村さんと合コンに行くなんて言うから、こうしてお迎えを口実に少しでもいいから君に会いにきた」

そうやって自分の行動を言葉にして恥ずかしくなったのか、「バカだよな」とクスクス笑う。

彼のその様子に、恋人との距離の取り方に悩んでいたのは自分だけじゃないのだと気付いた。

「お迎え、ありがとうございます」

繋いだ手にもう一方の手を重ね、彼の手を両手で包み込んだ。そうして香奈恵は、雅之の胸に額を押し付けて言う。

「それと、雅之さんのバカな話、もっと聞かせてください。……そして、私のバカな話も聞いてくれますか？」

祈るように繋いでいる手に力を込める。

香奈恵の言葉に、雅之は驚いたように見開いた目を、すぐに愛おしげに細めた。

「ああ、もちろん。そうやって、これまで知らなかったお互いのことを教え合って、この恋を育てていこう」

囁《ささや》くような口調で告げた雅之は、手を上げて路上に合図を送る。

それに気付いた一台のタクシーが滑《なめ》らかな動きで停車すると、雅之は丁寧な仕草で香奈恵をエスコートして先に車に乗せ、自分もそれに続いて乗り込むと、運転手に行き先を告げるのだった。

3　傲慢《ごうまん》王子は愛を乞《こ》う

タクシーに乗り込んだ雅之が香奈恵を案内したのは、一人暮らしをする彼の自宅だった。

近くに大使館が点在し、治安の良さと共に、洒落《しゃれ》た店が多いことでも知られている。そんなエリアに建つ彼の家は、白を基調とした外観で、広い庭と駐車場があり、室内も広い。

タクシーを降りた際に目にした駐車場には、高級車として知られるドイツメーカーの車と国産メーカーの車が停められていて、彼の生活水準の高さが伺えた。

「これ、弄月荘のスイートルームと同じメーカーですよね？」

リビングに案内され、とりあえずどうぞと勧められたソファーを見て確認する香奈恵に、飲み物を運んできた雅之が頷く。

「自分がいいと納得したものをお客様に使用していただくのは、サービス業の基本だから」

香奈恵の隣に腰を下ろしながら雅之が言う。

ラグジュアリーな癒《いや》しの空間をテーマとしているこのブランドの家具は、海外仕様のため、日本の住宅に置くにはかなり大きい。スタッフとしてそれを理解している香奈恵は、そんなソファーを配置してなおゆとりのあるリビングの広さに驚いてしまう。しかも都心の一等地ともいえる場所に建つこの家は、彼の資産の一つにすぎないそうだ。

「胃の調子が悪いようだから、アルコールはやめたよ」

雅之は子供をあやすような優しい口調で、カットライムとクラッシュアイスの入ったグラスに炭酸水を注《つ》いで香奈恵に手渡す。

「ありがとうございます」

受け取ったグラスの中で小さな泡が弾けている。それを口に運ぶと、渇いた喉に炭酸の刺激が心地よい。

ライムの他にもなにか隠し味が入っているらしく、酸味と共にほのかな甘さを感じた。

「気に入った？」

香奈恵の表情を確認して、雅之が嬉しそうに聞く。

「うん」

香奈恵が素直に頷くと、雅之が満足げに笑って香奈恵のグラスに顔を寄せる。

突然の動きに驚きつつも、香奈恵は彼が飲みやすいようにグラスを傾けた。

——まつ毛、長いな。

口元のホクロが、妙に色っぽい。

瞼《まぶた》を伏せて炭酸水を飲む彼の顔を観察していると、不意に雅之が上目遣いでこちらを見てきた。

「——っ！」

ドキッとして思わず肘を跳ねさせた香奈恵は、慌ててグラスの角度を直す。

そんな香奈恵の手に雅之は自分の手を重ねた。

「香奈恵の好きな味と、俺が好きな味が一緒で嬉しいよ」

そう言って微笑んだ雅之は、香奈恵の口元にグラスを寄せた。

香奈恵がグラスに顔を近付けると、今度は雅之が炭酸水を飲ませてくれる。

彼の手を介して飲んだそれは、さっきより甘い気がした。

「……ごめんなさい」

グラスの表面に浮かぶ細かな水滴を指先で拭いながら、香奈恵が言う。

「なにが？」

重ねていた手を離し、自分のグラスを手にした雅之が首を傾ける。

「なんていうか、自分で付き合うって決めたのに……色々、ちゃんとできてなくて」

なにをどう説明すればいいかわからないけれど、自分が間違えていたことだけはわかる。

雅之との距離感に悩んでいるのなら、合コンなどに参加せず、正直に打ち明けてしまえばよかったのだ。

合コンに参加した理由を聞いた雅之は楽しそうに笑い、グラスを持っていない方の腕をヒョイと香奈恵の肩に回した。

「なんだ、俺に嫉妬してほしいのかと思った」

不意に肩を抱き寄せられた香奈恵は、その衝撃で飲み物を零さないように両手でグラスを支える。高価なソファーを汚したらどうするのだ。

香奈恵が上目遣いに抗議の視線を送ると、雅之が肩に回した腕に力を込めておかしそうに笑う。

「俺に全力で迫られて困った？」

その問いかけに、香奈恵は小さく頷く。

「だって、告白されただけでもビックリなのに、急に社長の息子だとか……元大臣の孫だとかって言うし……。その……け、結婚……とか」

至って平凡に生きてきた自分が処理できる限度を超えている。

そんな胸の内をつっかえつっかえ打ち明けると、雅之は嬉しそうに笑ってグラスを傾けた。

「まあ、困らせたくてやってるからね」

「へ？」

思いがけない言葉に、間の抜けた声を漏らしてしまう。

そんな香奈恵に、雅之は「俺も必死だったんだよ」と困り顔で肩をすくめた。

腕を伸ばしてグラスをテーブルに置くと、その姿勢のまま香奈恵の顔を覗き込んだ。

「一人では解決できないくらい困らせて、俺の告白から目を逸らせないように追い込んで、香奈恵の本音を引き出したかったんだ」

ようやく満足いく本音が引き出せたと、雅之は得意げに笑う。

どこか意地悪さを含んだ彼の微笑みは、見ている側の心を惹きつけてやまない。夜の彼は昼間の彼と異なり、思わず見惚れてしまうほど完璧な御曹司の顔をしていた。

望めば欲しいものは手に入ると信じて疑わない傲慢《ごうまん》ささえ、男の色気として昇華させてしまうほどの魅力に溢《あふ》れている。

それはおそらく、男性ならカリスマ性、女性ならフェロモンといった言葉で語られる、問答無用で相手の心を魅了してしまう才能のようなものだろう。

「私なんかのために、なんでそこまで……」

理解できないと呆れる香奈恵に、雅之が切ない声で告げる。

「私なんか……なんて言うなら、その人生の全てを俺にくれないか。誰よりも大事にするから、俺と結婚してくれ」

その言葉に、彼の強い思いを感じる。

「私も、雅之さんが好きです」

色々なことがありすぎて混乱してはいるけど、その思いは確かだ。

もとより香奈恵は、自分が納得しないと行動に移せない性格をしている。だから彼と付き合うことを選択した時から、無意識下では、自分の恋心を認めていたのだろう。

以前雅之が、いつから香奈恵を好きになったのか説明するのは難しいと話していたが、自分も同じだと思った。

食事会の前に彼と過ごした時間は心が弾むものだったし、それ以前に一緒に仕事をしている時から、雅之との雑談に安らぎを感じていた。

ゆっくり心が惹かれて、いつの間にか恋心が育っていたのだ。

おそらく普通に告白されていたなら、元来の生真面目な性格が邪魔をして素直に思いを受け入れることはできなかっただろう。

「いつからかなのかは、私もよくわからないです。……でもどのくらい好きかと聞かれたら、困るくらい大好きです」

認めてしまえば、どうしようもなく彼を愛している自分がいる。

香奈恵の告白に、雅之が蕩《とろ》けるような微笑みを浮かべた。

「今すぐには結婚を考えられないなら、それでも構わない。俺にとって結婚や交際という言葉は、相手の心や行動を縛る枷《かせ》じゃなく、自分の人生を差し出す覚悟があると相手に証明するものだから」

とにかく君が必要なのだと、真摯《しんし》な眼差しを向ける。

心を込めたその言葉が、香奈恵の心に刺さったままになっていた小さな棘《とげ》を消し去っていく。

かつて付き合っていた恋人に言われた「お前なんかと付き合って損した」という言葉に傷付き、これまでずっと恋愛に消極的になっていた。

交際は相手に合わせなくてはいけないもので、それができない自分に恋愛は向かないと思っていた。

だけど雅之は、結婚や交際という言葉は、人の心や行動を縛るための枷《かせ》ではないと言う。

自分にはなかったその価値観が、香奈恵の目に映る世界を変えていく。

それでも相手が相手なだけに、全てが解決とはいかない。

「私じゃきっと、雅之さんの家の嫁は務まらないと思います」

雅之は真嶋家の御曹司なだけでなく、大物政治家の孫なのだ。

仕事柄、名家と呼ばれる家の人たちとも接する機会が多かっただけに、そういう人たちには守るべき伝統や価値観があるのを承知していた。

彼を思うからこそ、その不安を見て見ぬふりはできないと真面目に告げる香奈恵に、雅之は困ったように苦く笑う。

「お互いこういう仕事をしていれば、義務感だけで結婚した夫婦の行く末は知っているだろ？　家柄だけで相手を選んだ人の何割が、末長く幸せな結婚生活を送れている？」

「……」

確かにそういった考え方もできるのかもしれない。

人の心はそれほど強くない。もちろん全てがそうではないが、義務で結婚した夫婦が、突然その義務を放棄することは往々にしてある。

「俺は、自分の人生に必要なものを見誤ったりしない」

そう語る彼の眼差しに迷いはない。

香奈恵はグラスをテーブルに置くと、冷えた指先で雅之の頬をつねった。

「香奈恵？」

じっと雅之を見つめた後、香奈恵は指を離して同じ場所にそっと口付けた。

「――っ」

その行動に心底驚いた様子で、雅之は自分の頬を押さえてこちらに視線を向けてくる。

意味がわからないと言いたげな雅之に、香奈恵は肩をすくめて見せた。これまで彼に翻弄《ほんろう》されっぱなしだったのが悔しくて、ちょっとだけ仕返しをしたくなったのだ。

あっけに取られた雅之の表情があまりに無防備で可愛らしかったので、自然と笑いが込み上げてくる。今回はそれで良しとしておこう。

笑っているうちに、あれこれ難しく考えすぎていた自分が急にバカらしく思えてきた。

「私のどこか良かったんですか？」

ひとしきりクスクス笑いを楽しんだ香奈恵は、親しみを込めた口調で尋ねる。やれやれと髪を掻いた雅之は、「そういうところ全部」と笑った。

そして彼は、香奈恵の頬を撫でて、そのまま顔を寄せてくる。

ゆっくりと首の角度を変える雅之は、すぐには香奈恵に唇を重ねてこない。

それは彼が、香奈恵の意思を確認するための時間なのだと、指先から伝わる緊張で理解できた。

雅之は容姿端麗な上、生まれ育ちも申し分のない王子様だ。そんな人が、あんな騙《だま》し討ちのような形で香奈恵の退路を断っておきながら、それでもなお触れることに躊躇《ため》らいを見せている。

そのことを不思議に思うと同時に、香奈恵を幸せな気分にさせた。

「……」

彼の緊張と愛情を感じながら、香奈恵は首を軽く傾けて彼の口付けに応《こた》える。

「愛している」

短い口付けを交わした後、雅之が甘いテノールの声で囁《ささや》いた。「私もです」と素直に言葉にできればいいのだけれど、香奈恵の性格ではそれが難しい。

小さく頷くことで自分の気持ちを伝えると、雅之がホッと安堵の息を吐くのがわかった。

そのまま再度唇を重ねてきた雅之は、香奈恵の頬に口付けをした後、耳元で「今日は俺の家に泊まって」と告げた。

「一分一秒でも多く一緒にいて、君のことを俺に教えてほしい」

この前のように、酔い潰れた勢いで一夜を共にするのではなく、香奈恵の意思で一緒に過ごしてほしいとねだる。

香奈恵は気まずい思いをぐっと抑えて告げた。

「私、男の人の部屋に泊まったことがないの」

「……えっ？」

香奈恵の言葉に、雅之は目を瞬《またた》かせて驚きの表情を浮かべた。

「西村さんと、過去の恋愛話とかしてなかった？」

あまり男っ気がないので、年齢イコール恋人いない歴ではないかと、晶子にしつこく聞かれたことがあった。その際、恋人がいたと証明するために過去の経験について話したことがある。どうやら雅之は、その話を耳にしていたらしい。

「あれは、嘘ではないです」

なにか言いたげな雅之の眼差しに、その辺は察してくださいと視線を逸らす。

いい年をしてという自覚があるだけに、色々と気まずい。どう反応するのが正解かわからずに顔を背《そむ》けていると、その頬にふわりと彼の吐息が触れる。

「香奈恵のそういうところも、全部愛してるよ」

雅之は囁《ささや》いて、香奈恵の頬に口付けた。

「……」

優しく触れる唇に心がほぐれていく。

彼は、ありのままの自分を愛してくれている。それならこれ以上難しく考える必要はない。

「私も、雅之さんと一緒にいたいです」

香奈恵は小さく頷いて、自分も彼と同じ気持ちだと伝えた。

◇　◇　◇

急に雅之の家に泊まることになった香奈恵は、シャワーの際に、新品の歯ブラシと彼のＴシャツとハーフパンツを渡された。

「大きい……」

バスルームの鏡の前で、香奈恵は二の腕の位置にくるＴシャツの肩の縫い目を指で摘んで呟く。

彼の服を着たことで男女の体格差を実感し、自分の存在がひどく頼りなく思えてしまう。

服のサイズだけでなく、彼の使うボディケアグッズの香りや、普段自分が使っているものとは異なるメーカーの歯磨き粉の味が、彼との夜を想像させて心がソワソワする。

香奈恵がシャワーを浴びてリビングに戻ると、雅之はスマホで誰かと話していた。

流暢《りゅうちょう》な英語で話す彼は、リビングに戻ってきた香奈恵に気付いても会話を打ち切ることなく、そのまま話を続けていた。もしかしたら英語なので問題ないと思っているのかもしれないけど、生《あい》憎《にく》香奈恵もそれなりの語学力がある。

だから漏れ聞こえる会話で、本当に彼がマシマの中枢を担《にな》っていることと、先日彼との話題にも上《のぼ》った海外リゾートの開発でかなりの責任を担《にな》っていることが察せられた。

これ以上話を聞くのはマズいと思い、香奈恵は手の動きで寝室に行くと伝えてその場を離れた。

雅之の家の寝室は、弄月荘のスイートルームと比べても遜色《そんしょく》ないくらい広く、上質なくつろぎの空間となっていた。

暖色系の照明に照らされる漆喰《しっくい》塗りの白壁は、ハンドメイドならではの不規則な陰影があり、それが絶妙な味わいとなっている。

滑《なめ》らかな手触りの白い木材を使用したキングサイズのベッドはモダンなデザインで、マットレスには白い麻のシーツが掛けられている。薄い掛け布団や幾つかのクッションカバーには深い藍色が使用されているので、全体的には夏の海辺を連想させた。

高級ホテルのような部屋に、なんだか緊張して落ち着かなくなってくる。

しかも男性との性的な経験がないので、こういう時、どうしていいかわからなかった。

落ち着かない気持ちのままベッドに座ってソワソワしていると、軽いノックの音と共に扉が開き、雅之が顔を覗かせる。

「入っていい？」

自分の家なのに、なにを言っているんだか。

「大丈夫です」

香奈恵が笑いを堪《こら》えて返すと、雅之が安心した表情で部屋に入ってくる。

そして、ベッドの端にちょこんと座る香奈恵に姿に、くすぐったそうに笑った。

ストンと隣に腰を下ろした彼から、今の自分と同じ香りがする。

それを心地よく思っていると、雅之に髪を撫でられた。

「まだ濡れてますか？」

手櫛《てぐし》で梳《す》くように髪の先まで指を通す彼の動きに、そう尋ねる。雅之は首を横に振って、はにかんだ表情を浮かべた。

「無防備な香奈恵に触れていたいだけだ。香奈恵の髪、サラサラしてずっと触っていたくなる」

カラーリングはしているが、パーマをかけていない香奈恵の髪は艶《つや》やかなストレートで、太さがない代わりに一本一本腰がある。

だから掬《すく》い上げたそばからすぐに指から滑り落ちていく。その感触を楽しむように、雅之がその動きを繰り返す。

香奈恵と視線が重なると、雅之は嬉しそうに目を細めた。

湯上がりの彼の顔はひどく無防備で、それでいて匂い立つような男の色気が溢《あふ》れている。

蝶《ちょう》が花の香りに誘われるように、まだ湿り気の残る彼の前髪に指を触れさせると、雅之は瞼《まぶた》を伏せた。

すっきりとした鼻筋だけでなく、瞼《まぶた》に伸びる筋まではっきり確認することができる。

「雅之さんの髪、思ったより柔らかいんですね」

指先で感じ取ったことを素直に言葉にすると、雅之がくすぐったそうに笑う。

そして香奈恵の髪に絡めていた指を、彼女の腕へと移動させる。

「俺のじゃ、やっぱり大きすぎるな」

二の腕にかかる肩の縫い目を指先で摘んで呟く雅之は、「明日、香奈恵の着替えを買いに行こう」と誘う。

「そうですね」

その自然な口調に、香奈恵も素直に頷く。

今日の昼は、恋人としての時間をどう過ごせばいいかわからずに戸惑っていたのに、自然と明日の予定が決まっていくから不思議だ。

それでいて、この恋人同士としての自然なやり取りがしっくりきている自分に呆れてしまう。

「なに？」

香奈恵の些細《ささい》な反応を見逃さず、雅之が顔を覗き込んできた。

散々こちらを振り回しておいて、どこか不安げな表情を浮かべる雅之に、香奈恵は笑いを堪《こら》えて返す。

「なんだか、会話が自然すぎて」

部下だと思っていた雅之が、自社の御曹司だっただけでも驚きなのに、そんな彼に口説かれ、気が付けば彼の恋人として彼の寝室で自然に会話をしている。

しかもついさっきまで、どうしようもなく緊張していたはずなのに、彼に触れられた途端、緊張が氷解して、そのぬくもりにリラックスしているのだから不思議だ。

その感覚を味わうようにクスクス笑っていると、「どうしてだかわかる?」と聞かれた。

「……?」

香奈恵が不思議に思うこの感覚の答えを、雅之は知っているらしい。

答えを知りたくて視線で問いかけると、彼は香奈恵の首筋に顔を寄せた。

「お互いに、こうなりたいと望んだからだよ」

雅之はそのまま香奈恵の首筋に口付け、首筋に唇を触れさせたまま囁《ささや》く。

その言葉が香奈恵の心に優しく浸透していく。

これまでずっと自己責任で行動してきた香奈恵が、どんな形であれ、彼と付き合うことを選んだのは、彼とこうなってもいいと思ったからだ。

「きっと、そうなんでしょうね」

彼の家柄などを考えれば、自分でいいのだろうかという思いは拭いきれない。それでも、これが正直な自分の気持ちなのだから仕方ない。

「愛される自信はあった」

軽く顎《あご》を上げて澄ました顔で嘯《うそぶ》く雅之だが、すぐに照れくさそうに目尻に皺《しわ》を寄せて「なんてな」と笑う。

そして再び香奈恵の首筋に顔を寄せた。

「愛してくれてありがとう」

湯上がりで湿り気を含んだ彼の息遣いがくすぐったくて首をすくめると、雅之は少し前屈《かが》みになった香奈恵の肩を抱き抱えるようにしてベッドに押し倒す。

香奈恵の体が抵抗もなくベッドに横たえられると、雅之は腕を突いて体重を加減しながら覆《おお》い被さってきた。

そのままの姿勢で、香奈恵の顔を見下ろす。

「俺が、どれくらい君を求めていたか想像できる？」

雅之は、体を支えていない方の手で香奈恵の顎《あご》のラインを撫でた。

セクシャルな指の動きに、香奈恵の胸が大きく上下する。まだ顎《あご》に触れられただけなのに、全身にムズムズとした痺《しび》れが走った。

雅之はそんな香奈恵の反応を味わうように、顎《あご》の先を掴んで軽く上向かせる。

そうされただけで下腹部に脈打つ熱が溜まっていくのがわかった。

そっと唾を飲み込んだ直後、雅之の唇が重なる。

唇の弾力を味わうように、雅之は密着させた唇を動かしていく。

彼の口付けに酔いしれ、熱い息を吐くと、唇が解放された。

「服を、脱がしてもいい？」

「――ッ」

その言葉に、条件反射のように体が強張《こわば》る。けれど、自分に向けられる雅之の眼差しに体の力を抜いた。

自分を見下ろす雅之の目には、野生的な欲望と共に、香奈恵に対する慈《いつく》しみが溢《あふ》れていた。

彼は捕食者ではなく、自分を愛情で包み込んでくれる存在なのだ。それがわかり、自然と彼を受け入れたいと思った。

香奈恵は、彼の背中に腕を回して頷く。

「はい」

緊張で微かに震える声で返すと、雅之の手が肩を撫でた。

「愛してる」

そう囁《ささや》きながら、肩を撫でた手で胸の膨らみを確かめ、一度腰のくびれまで下がった後で、背中に触れる。

「下着、着けていないんだな」

羽が触れるような優しい動きで香奈恵の体のラインを確かめた雅之が、そうからかってくる。

急なことで着替えがないため、着てきたものを全て洗濯しているのは彼も承知しているのに。

「意地悪……」

拗《す》ねた口調で香奈恵が抗議すると、雅之はニッと口角を上げて囁《ささや》いた。

「困らせた方が、香奈恵は本心を見せてくれるからね」

雅之の手がTシャツの中に滑り込み、香奈恵の肌に直《じか》に触れる。

「あぁっ」

男性的な大きな手に肌を触られる感覚に、香奈恵は息を漏らした。その隙に、雅之は香奈恵のTシャツを脱がしてしまう。

そして上半身を起こすと、肌を撫でるようにしてハーフパンツも脱がす。

服が床に落ちる微かな音を合図にしたように、雅之はベッドの外に投げ出されていた香奈恵の膝裏に手を滑り込ませ、脚を掬《すく》い上げてベッドにのせる。

自分の着ているものも手早く脱ぎ捨てた雅之は、乱れた香奈恵の髪を一房手に取った。

「香奈恵の髪、綺麗だね」

そう言って、指に絡めた髪に唇を寄せて口付ける。

髪に神経が通っているはずはないのに、色気の漂《ただよ》う仕草と眼差しに淫《みだ》らな欲を掻き立てられ、体がゾクゾクした。

頬を赤らめる香奈恵の上に再び覆《おお》い被さると、その恥じらいごと味わうように唇を重ねる。

息苦しさから薄く開いた唇の隙間から、彼の舌が侵入してきた。

ヌルリとした彼の舌が、ねっとりとした動きで彼女の唇や歯列を撫でていく。

過去に経験したことのある小鳥が啄《ついば》むような軽い口付けではなく、濃厚な大人の口付けに、思考が甘く蕩《とろ》けていく。

「……うっ……ッ」

その淫《みだ》らな刺激に、無意識に腰をくねらせようとするけれど、雅之の体が密着していて思うように動けない。けれど女の本能が、その息苦しいまでの口付けを愛おしく思う。

雅之は、溢《あふ》れる情熱そのままの激しさで香奈恵を求めてくる。そんな彼の思いに応《こた》えたくて、香奈恵はおずおずとした動きで自分から舌を絡めた。

積極的な反応を示したことで、彼の手がその存在を味わうように香奈恵の体を撫でていく。

胸の膨らみに触れた指が、弾力を確かめるみたいに強く肌に食い込み、香奈恵の背中を電流のような刺激が突き抜ける。

「アッ」

思わず熱い息を漏らして、シーツの上で踵《かかと》を滑らせると、彼が強く体を密着させてくる。そうされることで、それまで口付けに翻弄《ほんろう》されて気付かなかった彼の欲望の昂《たかぶ》りを感じた。

ももに触れる彼のものは、今すぐ挿入できそうなくらい硬く膨張している。

香奈恵の意識がそこに向いたことがわかったのか、雅之は胸を揉んでいた手を背中に回して、より体を密着させた。

そうやって己の存在を誇示しながらも、舌と唇で香奈恵を刺激することを忘れない。情熱的な愛撫《あいぶ》で、息もできないほどの快感に溺《おぼ》れていく。

息苦しさにもがく香奈恵は、彼の背中に回す腕に力を込めた。

広く引き締まった背中は、湯上がりのためか興奮のためか、微かに湿り気がある。抱きつく指が滑りそうになり、ぐっと力を込めた。

「雅之……さん」

唇が離れたことで、香奈恵は愛する人の首筋に顔を埋《うず》めてその名前を呼ぶ。

その声に彼が熱い息を吐いた。

「君の声を聞くだけで、自分が抑えられなくなりそうだ」

そう呟きながら、香奈恵の下肢に跨《また》がった状態で上半身を起こした。彼に抱きついていた腕が、マットレスに投げ出される。

欲望に満ちた眼差しを向けてくる雅之は、香奈恵の頬を撫でて顔を近付けた。

「だけど、極限まで欲望を抑えて、虐《いじ》めたい衝動にも駆られるから困るな」

雅之はどこか意地悪さを含んだ声音で囁《ささや》くと、唇を重ねてマットレスに投げ出されていた香奈恵の手に自分の手を重ねて指を絡める。

香奈恵の手の動きを封じて濃厚な口付けを交わすと、肌を撫でるようにして、唇を移動させていく。

「あ……っ」

顎《あご》を舐《な》めた唇が首筋を辿《たど》る。肌をくすぐるその刺激に、香奈恵は熱い息を漏らした。

肌の上を移動する唇が鎖骨のくぼみに触れた時、香奈恵は内側から込み上げる甘い痺《しび》れに身をくねらせる。

「逃げるな……そのまま感じてろ」

短くそう命じた雅之は、くっきり浮かび上がる鎖骨に舌を這《は》わせて、唇をさらに移動させていく。

「はぁっ」

焦《じ》らすような唇の動きが、香奈恵の欲望を刺激する。

雅之の唇が触れた場所が燃えるように熱い。

香奈恵は彼の動きに合わせて熱い息を漏らし、絡め合っている指に力を込めた。

そうしている間も雅之の舌と唇は止まることなく香奈恵の肌を愛撫《あいぶ》し、辿《たど》り着いた胸の膨らみを刺激し始める。

「はぁ――っ！」

ふっくらとした弾力のある乳房を唇で優しく食《は》み、舌でくすぐる。艶《なまめ》かしいその動きに、香奈恵は何度もシーツの上で踵《かかと》を滑らせた。

与えられる刺激に従順な反応を示す香奈恵の動きをひとしきり味わった雅之は、不意に動きを止めた。

彼の舌や唇が肌の上を動く度に湧き上がってくる、内側から肌を燻《いぶ》すような感覚から解放され、ホッとすると同時に物足りなさを感じてしまう。

思わず物欲しげな眼差しを向けてしまい、瞳に加虐性を宿した雅之の視線と目が合った。

「香奈恵のここ、硬くなってるな」

そう告げた雅之は、視線を香奈恵の胸の尖《とが》りへ向ける。

その視線を辿《たど》ると、彼に与えられる刺激に興奮し、いつの間にか硬く自己主張する自分の胸の尖《とが》りが見えた。

「……っ」

普段とは違う自分の胸の状態に、説明不可能な羞恥心《しゅうちしん》に襲われる。

「感じている証拠だ」

そう囁《ささや》いた雅之は、重ねた手を香奈恵の頭上に移動させる。

そして香奈恵の両手を一つに束ねると左手で抑え込み、右手で胸の膨らみを包み込む。

重力に従い、脇へ流れていた胸の膨らみを掬《すく》い上げて手のひらで包んだ雅之は、そのまま胸を揉みしだく。

「怖いくらい、俺の手に馴染む胸だな」

熱い息を漏らしながら、雅之は自分の存在を刻みつけるように強く胸を揉みしだき、「だから絶対に離さない」と囁《ささや》いた。

「あぁぁっ」

一際強い刺激に香奈恵が背中を反《そ》らせると、雅之の指が胸の尖《とがり》を転がした。

甘い痺《しび》れに、香奈恵は脚を擦り合わせて身悶《もだ》える。

雅之は指先で執拗《しつよう》に胸の尖《とがり》を転がし、香奈恵の反応を楽しんだ後、そこに顔を寄せて舌でくすぐり始める。

「やぁ……ぁ」

脊髄《せきずい》から脳天まで突き抜けるような快感に、堪《たま》らず身を捩《よじ》る。しかし覆《おお》い被さる彼に体の動きをほとんど封じられ、逃れることができない。

「いい眺めだな」

軽く顔を上げた雅之が、上目遣いでこちらの反応を窺っている。

その淫靡《いんび》な眼差しが、さらに香奈恵の羞恥心《しゅうちしん》を煽《あお》った。

「――っ」

恥ずかしくて香奈恵は瞼《まぶた》を伏せる。その初心《うぶ》な反応に気を良くしたのか、雅之は指と唇でさらに胸の膨らみを愛撫《あいぶ》していく。

女性の扱い方を熟知している彼の攻撃は巧みで、恥じらう香奈恵の体からさらなる欲望を引き出していく。

片方の胸を指で揉みしだき、もう一方の膨らみを薄い前歯で甘噛みしたかと思えば、舌で尖《とがり》を転がす。

与えられる全ての刺激に、香奈恵は体を跳ねさせて素直に反応してしまう。容赦なく香奈恵の女性としての欲望を引き出していく雅之は、その程度ではまだ足りないと言わんばかりに、より淫《みだ》らな愛撫《あいぶ》を繰り広げていく。

「やぁっ……駄目…………おかしくなっちゃう」

シーツの上で繰り返し踵《かかと》を滑らせる香奈恵は、首を振って悲鳴に似た声を上げる。

「俺なしでは生きられなくなるくらい、おかしくなればいい」

香奈恵の懇願をすげなく返し、雅之はさらに激しく攻め立てていく。

止まらない快感に悶《もだ》え続けていた香奈恵が息も絶え絶えになってくると、ようやく雅之が身を起こした。

荒い息を吐きながら、脱力した香奈恵の頬をそっと撫でてくる。

「イッた？」

そう問われても、未知の快感にわけもわからず翻弄《ほんろう》され続けていた香奈恵には、曖昧《あいまい》に首を動かすことしかできない。

ただひたすら気持ちが良くて、なにも考えられずにいた。思考が白く染まり、全身が痺《しび》れてくる感覚が、彼の言う「イク」という状態なのだろうか……

それをどう確認したらいいかわからず言葉を探していると、雅之がニッと口角を上げた。

その表情に不穏なものを感じて声を漏らすのと同時に、雅之に膝を割り広げられてそこに顔を寄せられる。

経験がないだけで、年相応の知識はあった。彼がなにをしようとしているか理解して、香奈恵は慌てる。

「あっ、やぁっ……駄目…………汚いッ」

切迫した声で訴えて彼の頭をそこから押しやろうとするが、男女の力の差は明確で、どうすることもできない。

「汚くない」

短く返した雅之は、しっとりと蜜に濡れる陰唇を左右に広げた。

「もっとわかりやすく、イクって感覚を教えてあげるよ」

秘すべき場所に彼の息遣いを感じる。

それだけでも十分恥ずかしいのに、陰唇が物欲しげにヒクヒクと動いているのがわかるので居たたまれない。

「……っ」

どうしようもない恥ずかしさから、香奈恵は両手で顔を覆《おお》って身を硬くする。

しかし視界を遮《さえぎ》ることで、かえって強く彼の存在を意識してしまう。

「よく濡れてる」

雅之のその言葉に反応して、臍《へそ》の裏側の筋肉が収縮する。皮膚が引き攣《つ》るような痛みを覚えて体を強張《こわば》らせるのと、彼の舌が陰唇に触れるのは同時だった。

「はぁ……あっ」

熱い舌が、香奈恵の薄い茂みを押し分けて滴《したた》る蜜を掬《すく》い、そのまま陰唇を舐《な》めしゃぶった。たっぷりと蜜を湛《たた》えた陰唇に舌が這《は》う感覚に、香奈恵は背中を仰《の》け反《ぞ》らせて喉を震わせた。奥から新たな蜜がとめどなく溢《あふ》れてくるのがわかる。

「香奈恵の体は、感じやすいな」

何気ないその言葉が、どうしようもなく恥ずかしい。

「……そんなこと言わないで」

熱い息を吐きながら、香奈恵はイヤイヤと首を横に振る。

顔を覆《おお》っていた手を離して彼の方を窺うと、それを感じたのか、雅之が顔を上げた。貪《むさぼ》るように愛液を舐《な》めていた唇は、濡れて淫《みだ》らな光沢を帯びている。

引き締まった肉体と共に欲望を隠さない表情を見せる彼は、美しい獣といった感じだ。

その姿に見惚れていると、乱暴に口元を拭った雅之が野生的な笑みを浮かべて言う。

「なら、言葉ではなく、行動で教えることにするよ」

そう言うなり、再び香奈恵の秘所に顔を寄せ、陰唇に強く吸い付いた。そして欲望で熟した肉芽を指で剥《む》き出しにし、そこへ舌を這《は》わせる。

「あぁ――駄目……あっ」

硬くなった肉芽をほんの少し舌で弾かれただけで、香奈恵は視界にチカチカした光が瞬《またた》くのを感じた。

淫《みだ》らな舌の動きで肉芽を攻め立てながら、雅之は蜜が滴《したた》る場所へ指を沈めてくる。

蜜を湛《たた》えて緩んだ中が、彼の指が沈み込む感覚に引《ひ》き攣《つ》る。

「あぁあっ」

散々舌で舐《な》めしゃぶられて愉悦《ゆえつ》に蕩《とろ》けた媚肉は、初めて経験する異物感にヒクヒクと痙攣《けいれん》する。

「きついな」

慎重に指を沈める雅之は、そんなことを呟いた。

長い指を一本二本と、香奈恵を傷付けないように配慮しながらゆっくりと沈めていき、優しく中をほぐしていく。

彼の指が中で蠢《うごめ》く度、肌を裂くピリピリとした痛みと、内側から体を燻《いぶ》すもどかしい熱が全身を支配する。

最初は痛みの方が強かったけれど、指の存在に慣れてくると甘い熱が勝ってくる。

次第に未知の快感が下腹部を支配していき、香奈恵はシーツを強く握って身悶《もだ》えた。

雅之はさらなる反応を引き出そうと、貪欲に舌と指を動かしていく。

彼の舌が肉芽を転がす度、腰をくねらせて吐息を漏らした。

強く弱く肉芽を弄《もてあそ》ばれて、視界にはチカチカした光が明滅し、体の芯でズキズキとした熱が脈打つ。

心も体も快楽に蕩《とろ》けて、徐々になにも考えられなくなってきた。

恥じらいを捨てた体は、彼から与えられる刺激に従順な反応を示す。

「ん……あぁ……はぁ……ぁあっ」

浅い呼吸を繰り返し、か細い声で喘《あえ》ぐ香奈恵に、雅之は攻めを加速させていく。

ねっとりと舌で転がした肉芽を、薄い前歯で甘噛みされる。それだけで脊髄《せきずい》に電流を流されたような衝撃を覚えた。

香奈恵がその衝撃をどうにかやり過ごそうとしている時に、雅之は敏感な肉芽に強く吸いついてくる。

その強烈な刺激に、視界が一気に白く染まった。

「あぁぁぁっ」

羞恥心《しゅうちしん》をかなぐり捨てて、本能剥《む》き出しの喘《あえ》ぎ声を上げて腰を震わせた香奈恵は、ぐったりと脱力する。

そのあられもない姿を確認した雅之は、やっと解放してくれた。

一度体を起こし、香奈恵の体に寄り添うように横になって、優しく抱きしめてくる。

「これがイクってことだ。香奈恵は、快楽に素直な体をしているね」

いい子だと褒《ほ》めるように、雅之は香奈恵の髪をクシャリと撫でた。

自分の髪を優しく撫でる彼の指の動きに、香奈恵はホッと息を吐く。

身も心も自分を蕩《とろ》けさせる彼の指の動きに身を委《ゆだ》ねていると、雅之が言う。

「本番は、これからだよ」

「……っ」

驚く香奈恵に構うことなく、再び体を起こした雅之は、香奈恵の膝を左右に押し広げて腰を寄せてきた。

「……っ」

香奈恵の内ももに、先端を僅《わず》かに湿らせた彼のものが触れる。

熱をはらんだ硬い肉の存在を感じて膣が収縮する。

雅之もその動きに気付いたのだろう。より肌を密着させて熱い息を吐く。

「香奈恵の体が、俺を欲しがってる。……挿《い》れていいか？」

香奈恵が頷くと、サイドチェストから取り出した避妊具を素早く装着した雅之が腰を動かした。

「あっ――あぁぁぁ」

硬く屹立《きつりつ》した彼のものが陰唇に触れた瞬間、香奈恵は切ない声を漏らす。そして、ゆっくりとそれが自分の中へと沈み込んでくる感覚に、喉を震わせた。

肌を裂く感覚に痛みがないといえば嘘になるが、彼と繋がった喜びが痛みを凌駕《りょうが》していく。

「……キツイな」

クッと苦しげに呻《うめ》いた後で雅之が呟く。

霞《かす》む視界で彼の表情を窺うと、恍惚《こうこつ》の眼差しを香奈恵に向けている。

互いが互いの存在を、これ以上ないほど身近に感じている。その事実が、どうしようもなく嬉しく愛おしい。

「痛いか？」

雅之が香奈恵の頬にかかる髪を払って聞いてくる。香奈恵は大丈夫だと首の動きで返した。

それでも雅之は香奈恵を気遣い、欲望に任せてすぐに腰を動かすことはなく、香奈恵の体に自分のものが馴染むのを待ってくれる。

そうやってゆっくりと彼のものが自分の中に馴染んでくると、女性としての本能が、もっと強烈に彼を感じたいと疼《うず》き出す。

「雅之さん……」

もっととねだるのは、さすがに恥ずかしい。

彼のホクロに指で触れて愛情を込めて名前を呼ぶと、雅之がその手のひらに口付けをして、自分の手を重ねる。

「動くぞ」

指を絡め合うようにして手を繋ぎ、香奈恵の手をマットレスに押さえつけた雅之が言う。

熱っぽい声でそう告げられた直後、彼が腰を動かし始めた。

ゆっくりと腰を引かれて、思わず繋いでいる手に力が籠《こ》もる。

それに応《こた》えるように強く手を握り返して、雅之が深く腰を沈めてきた。

体の中を満たす彼の雄々しい存在感に、香奈恵はグッと喉を反《そ》らして指に力を込めた。

「大丈夫か？」

眼差しに欲望を滾《たぎ》らせながらも、香奈恵の体を気遣ってくれる。

そんな彼だからこそ、与えられる痛みまでもが愛おしい。

「……もっと」

彼の全てが欲しくて、先ほどは躊躇《ためら》った欲望を口にする。雅之は熱い息を吐いて、腰の動きを再開させた。

最初は負担がかからないようにマットレスに肘を突いていた雅之だが、気付けば繋いでいた手を解き、強く体を抱きしめて腰を動かす。

「はぁ……ぁ……ッ」

激しいその動きが生み出す艶《なまめ》かしい痺《しび》れに、弓なりに背中を反《そ》らして喘《あえ》いだ。

切ない吐息を漏らす香奈恵の唇を、雅之は甘噛みで刺激する。

どんなことをされても気持ちが良くて、なにも考えられなくなっていく。

与えられる刺激に身を委《ゆだ》ね、浅い呼吸を繰り返しているうちに、体の奥からムズムズとした熱が湧き上がってくるのを感じた。

先ほどまでとは比べ物にならない熱に支配され、世界が白く霞《かす》んでいく。

「いいよ香奈恵、そのままイッて」

自分を苛《さいな》む快楽を持て余して悶《もだ》えていた香奈恵は、その命令に従順な反応を示す。

「あぁ――あっ」

白い光の波が自分の内側で爆《は》ぜる感覚に、一際高い喘《あえ》ぎ声を上げて腰を震わせる。

そんな香奈恵の髪を掻き乱しながら激しく腰を打ちつけていた雅之は、「クッ」と短く呻《うめ》いて自分の欲望を吐き出した。

薄い膜越しに彼の熱が自分の中に放出された感覚に再度腰を震わせる。

「愛してる」

香奈恵の体を強く抱きしめた後で、雅之が体を起こした。

勢いをなくした彼のものが自分の中から出ていく感覚にも、香奈恵の体は素直に反応してしまう。

素早く自分の処理を済ませた雅之が、ぐったりとマットレスに横たわる香奈恵の体を綺麗にしてくれる。

そして優しく抱きしめながら言った。

「愛している」

その言葉に微笑んだ香奈恵は「私もです」と伝えて、そっと唇を重ねた。

4　white elephant

「チーフ、九月の定例ミーティング何時からですか？」

自分のデスクで持ち出す資料をまとめていた香奈恵は、その声に顔を上げる。

壁時計が示す時刻は、二時を少し過ぎたくらいだ。

「二時半からだから、まだちょっと時間があるけど、その前にレストランに寄りたくて」

体を捻《ひね》って背後の雅之に答える。

月に一回開かれる、弄月荘のホテル部門とブライダル部門の管理者が情報共有するための定期ミーティングは、いつもその時間から始まる。それを承知している雅之は、想定より早く準備を始めた香奈恵のことが気になったのだろう。

「では途中までご一緒していいですか？　フロントに用があるので」

そう言って、雅之は資料を手に立ち上がる。

「え〜、じゃあ私も一緒に行きます」

そう会話に割り込んできたのは、もちろん晶子である。

「西村さんも、ホテルに用があるの？」

同じ敷地内ではあるが、ブライダル部門の事務所は、ホテル部門のある宿泊施設とは長い通路で繋がった別棟にある。そのため、挙式の他、打ち合わせや会議がない限り、そちらへ行くことはめったにない。

香奈恵の問いかけに、隣のデスクで仕事をしていた晶子はふるふると首を横に振って言う。

「だって、私だけお留守番って、寂しいじゃないですか。チーフだけ堀江さんとお出かけとか、ずるいです」

子供のような言い分に、自然と笑いが溢《あふ》れる。

もちろんこれは彼女の冗談なので、「お留守番をよろしく」と手をヒラヒラさせて立ち上がった。

「え～、つまんない」

そう返す晶子だが、それ以上絡むことなく自分のデスクで仕事を再開させる。

雅之と目配せして、なんとなく微笑み合った香奈恵は、彼と連れ立って事務所を後にした。

自分の気持ちを認め、本当の意味で雅之と付き合うようになってから一ヶ月が過ぎた。まだ周囲に二人の関係は隠しているが、交際自体は至って順調だ。

強《し》いて問題点を挙げるとすれば、なかなか二人の休みが一致せず、一緒に過ごす時間が少ないことくらいだろうか。

「外は暑そう」

事務所を出た香奈恵は、窓から空を見上げて眉尻を下げた。

九月中旬の今は真夏とは言えないが、それでも青い空には入道雲が湧き上がり、微かに蝉《せみ》の声が聞こえてくる。

人気《ひとけ》のない廊下に出た雅之は眼鏡を外してスーツの内ポケットにしまうと、代わりに取り出したコームで髪を整えていく。

そうすることで纏《まと》う空気が引き締まり、瞬《また》く間《たた》に雅之は真嶋家の御曹司へと変貌を遂《と》げた。

「夏休みはこれからだからな」

変身といってもいいレベルの彼の変化に見惚れている香奈恵に、雅之が言う。

その言葉に、香奈恵も頷く。

もちろん、大学生を除けば一般的な学生の夏休みは終わっている。

七月八月はホテルにとっては繁忙期で、目の回るような忙しさだ。そのため、香奈恵たちブライダルスタッフも、手が空《あ》いていればホテル部門に駆り出される。

それでも九月になれば、夏休みを利用した家族連れの利用客が減り、徐々に忙しさも落ち着いてくるので、この時期になるとスタッフは分散して夏季休暇を取っていく。

晶子はすでに夏季休暇を消化しているが、香奈恵と雅之はこの後順番に取ることになっていた。

とはいえ、二人まったく同時に休むことはできないので、香奈恵と雅之の休暇が重なるのは二日だけである。

その二日間を利用して、旅行に行く予定を立てていた。

「旅行、楽しみです」

廊下を歩く香奈恵が小声で囁《ささや》くと、雅之も嬉しそうに頷く。

「俺は、香奈恵よりもっと楽しみにしているよ」

彼の言葉に、なにを張り合ってるのだと笑ってしまう。

香奈恵がクスクス笑っていると、それに釣られたように雅之もくすぐったそうに笑う。

「こういうのも悪くないな」

「……？」

「こうやって二人だけで内緒話をしていると、短いデートをしているみたいじゃないか？」

視線で問いかける香奈恵にそう返し、雅之は偶然を装《よそお》って香奈恵の手に自分の手を触れさせる。

突然の接触に驚く香奈恵に、雅之は悪戯《いたずら》を成功させた子供のような得意げな顔をする。

最初は戸惑うばかりだったイケメン御曹司姿の彼にも、最近はすっかり慣れてきた。一緒に悪戯《いたずら》を楽しむ気持ちで、香奈恵も雅之の手に自分の手を触れさせる。

そうやって甘い空気を楽しみながら、人気《ひとけ》のない別館と宿泊施設を繋ぐ通路を並んで歩く。

「兄貴に執務室に呼ばれてるから、俺はこっちだ」

ホテルの館内に入ったところで、二人の距離を適度なものに戻した雅之が顎《あご》の動きで自分が使うエレベーターホールを示す。

彼の兄である祐一マネージャーの執務室は、弄月荘のスイートルームと同じフロアにある。

香奈恵が立ち寄りたいレストランは、それとは反対方向にあるのでここでお別れだ。

それを少し残念に思いつつ「じゃあ」と口にしかけた時、こちらへ歩み寄る人の気配を感じた。

「あら、雅之さんじゃない」

親しげに雅之の名前を呼ぶ女性の声に反応して視線を向けると、背の高い女性がこちらへ歩いてくるのが見えた。

ヒールの高いパンプスを履いているとは思えない軽い足取りの女性は、自然な仕草で雅之の腕に指を絡める。

「伊島《いじま》様の……」

お久しぶりですと挨拶《あいさつ》をする雅之は、さりげなく彼女の手を解く。

「アナタが働いているって聞いたから、母と食事に来たついでに探していたんだけど、会えて良かったわ」

いつもの癖で見るともなしに耳の形を見ていると、相手の女性が言う。その声は高飛車なようでいて、どこか甘えて聞こえるのは、嫉妬心からだろうか。

胃の底でざわつく感情を抑えるように、そっと下腹部に手を添えた。

女性は、そんな香奈恵など視界に入っていない様子で、雅之だけを見つめている。

「せっかく会えたのだから、軽くお茶でもどうかしら？」

仕事中の雅之を気軽にお茶に誘ってくる女性には、遠慮の二文字はないようだ。そして雅之に断られることはないという自信に満ち溢《あふ》れているようにも見える。

「……」

恋人の立場としては、女性の馴れ馴れしい言動を不快に思うが、弄月荘の客であると同時に雅之の知り合いのようなので間に入りにくい。

自分は立ち去った方がいいだろうと判断し、歩き出した香奈恵の背中に雅之の声がかかる。

「チーフ、お待たせして申し訳ありません」

そして雅之は、女性に向かって「仕事がありますので」と頭を下げて、そのまま香奈恵に追いつき彼女の持っていた資料を取りあげる。

ここで別れるはずだった彼が追いかけてきたことに驚きつつ背後を振り返ると、不満げな顔をした女性と目が合う。

初めて香奈恵を視界に捉《とら》えた女性は、明らかに年下の香奈恵がチーフと呼ばれたことに驚いたようだ。しかし、すぐに攻撃的な表情を浮かべた。

その視線の強さに思わず肩に力が入る。そんな香奈恵の肩に雅之が手をのせ、体の向きを変えさせながら囁《ささや》いてきた。

「政治家時代、祖父の後援会の会長だった人のお孫さんなんだ」

彼女との関係を短く説明し、雅之はそのまま香奈恵と一緒にレストランへ向かう。

「こっちに来ていいんですか？」

祐一マネージャーの執務室に向かうのであれば、かなりの遠回りになる。

香奈恵の言葉に、雅之は先ほどまでの悪戯《いたずら》っ子のような表情を取り戻して笑う。

「心奪われる美人がいたから、思わずついてきてしまった」

もちろんそれは雅之のリップサービスだろう。単純に美醜《びしゅう》だけで言えば、先ほどの女性の方がよほど美しい顔立ちをしている。

雅之は香奈恵の心の内を読み取ったように「俺にとっては、誰よりも香奈恵が一番美しく見えるよ」と言ってきた。

「……っ」

「そんな女性と旅行に行ける俺は、世界一幸福な男だな」

そこまで言われてしまうと、ほんの一瞬でも嫉妬で感情をざらつかせたことが恥ずかしくなる。

香奈恵は小さく頷いて気持ちを切り替えた。

◇　◇　◇

翌週、夏季休暇に入った香奈恵は、予定どおり雅之と旅行に出かけた。

忙しい二人のスケジュールを考慮した彼が選んだのは、長野にあるリゾートホテルだった。

都内からここまで一人で運転してきた雅之だが、チェックインを済ませると、早速といった感じで香奈恵を散歩に誘ってきた。

温泉地に建つこのホテルは、緑の豊かさと水の清らかさを売りにしていて、源泉掛け流しの温泉が各部屋に完備されている他、広大な敷地内にある森林浴を楽しめる遊歩道がお勧めポイントらしい。

「でも、疲れているんじゃないですか？」

それは、ここまでの運転のことだけを言っているのではない。

互いに五日間の夏季休暇をもらっていたが、先に休みに入っていた香奈恵とは違い、雅之はこの旅行が終われば、兄の祐一マネージャーのシンガポール出張に同行することになっているのだ。

だから、雅之の休暇は実質この二日間だけとなる。

相変わらず香奈恵の部下としてブライダル部門に籍を置いているけれど、最近の雅之は、マシマが新たに着手したリゾート開発に携《たずさ》わっていることもあり、祐一マネージャーのサポート役としての仕事が一段と増えていた。

香奈恵としては、この二日間ぐらい無理せずゆっくりしてほしいと思っている。

「うん、疲れてる」

即答した雅之は、だからこそだと言う。

限られている時間を香奈恵と有意義に使うことが、一番の癒《いや》しになる。

そんなふうに言われてしまうと、香奈恵に彼の誘いを断る理由はなくなった。

喜んで彼と散策に出かけた。

そうやって二人仲良くホテルの敷地内を散策していると、スマホの着信音が聞こえた。

自分のものではない聞き慣れた着信音に足を止めると、隣を歩いていた雅之がポケットを探る。

「……」

取り出したスマホ画面を難しい顔で見つめている彼は、通話ボタンをタップすることなく着信音が途切れるのを待った。

「……仕事の電話ですか？」

自分がいると出にくい電話なら、しばらく離れていようかと申し出る香奈恵に、雅之は首を横に振った。

「祖父からだよ。今、ちょっと機嫌が悪いから、話すのは休み明けでいいかなって」

困ったように笑い、雅之はズボンのポケットにスマホをしまう。

真嶋社長の父、マシマホールディングスの前社長はすでに亡くなっているので、祖父とはつまり母方の祖父ということだ。

——雅之さんのお祖父さんって、堀江正宏元大臣だよね……

以前、食事会の際に聞かされた話を思い出す。

養父でもある人の電話を無視していいのだろうかと心配になる。

物言いたげな視線を向ける香奈恵に、雅之が困った様子で肩をすくめた。

「祖父は、俺がマシマに就職したのが面白くないんだよ。堀江の名前の他にも、俺に引き継がせたいものがあったらしくて……」

言葉尻を微妙に濁《にご》した雅之は、視線を遠くに向ける。

そんな彼の表情から、あまり触れてほしくない話なのだと察して、香奈恵はそれ以上この件に触れるのをやめた。

そこでふと、先日仕事中に遭遇した女性も、彼の祖父の関係者だと聞いたことを思い出す。

なんとなく嫌なことを思い出してしまったと考えていると、微かに歓声のようなものが聞こえた気がした。

どこから聞こえたのだろうかと周囲に視線を巡《めぐ》らせると、今いる遊歩道から数メートル離れた先、木立が開けた場所に建つ教会の前に人だかりが見えた。

明るい陽光の下、人々が取り囲む中央にウェディングドレス姿の女性がいることに気付いて、香奈恵は弾けるような笑顔を浮かべる。

「結婚式だ」

香奈恵の声に雅之が、「どこ?」と周囲を見渡す。

そんな彼に、香奈恵は木立の隙間に見えるチャペルを指差した。

「ほら、あそこ」

とっておきの発見を披露《ひろう》するような思いで腕を伸ばすと、雅之は軽く膝を屈《かが》めて香奈恵の目の高さに視線を合わせる。

「ああ、本当だ」

雅之はそのままの姿勢で、香奈恵と一緒に参列者に祝福される新郎新婦の姿を見守る。

「一日一組限定で挙式を行っているそうですね。あのチャペルは、明治時代に建てられた教会を移築したもので、天井から吊るされているシャンデリアやステンドグラスは当時のものが使われているそうです。淡い光に照らされたクラシカルな内装は、現代建築とは違った優しい美しさがありますよね」

残念なことに、チャペルの中は、基本的に式の参加者にしか公開されない。ホームページで目にした写真を思い出し、香奈恵は感嘆の息を漏らす。

豊かな自然を活かし、圧倒的な非日常感をコンセプトとしているチャペルには、弄月荘の式場に通じる良さがある。

思わず嬉々として知識を披露《ひろう》してしまったが、冷静に考えるとこのホテルを予約してくれたのは雅之なのだから、彼もそのくらいのことは承知しているだろう。

もとより雅之がこのホテルを選んでくれたのは、ここのブライダルフォトには定評があり、プチブライダルの参考になると思ってのことだ。

なのに優しい彼は、知らなかったフリをして香奈恵の話に耳を傾けてくれる。

「じゃあ、ここで俺と式を挙げる？」

香奈恵の話を聞き終えた雅之が軽い口調で言う。

「……えっ？」

その言葉に驚いて顔を上げると、彼は笑顔でこちらの反応を窺っている。

「雅之さんが結婚する時は、マシマ系列の式場を使わないとまずいんじゃないですか？」

香奈恵のその答えに、雅之はくすぐったそうに笑う。

「その言い方だと、俺との結婚について多少なりとも考えてくれているみたいだな」

そう言われてしまうと、返す言葉に困る。

ただ、いつかそういう未来に辿《たど》り着くだろうという漠然とした思いは、香奈恵の中にも芽生えてきていた。

照れ隠しとして繋いでいない方の手で髪を掻き上げると、雅之は「ありがとう」と言って香奈恵の手を引いて歩き出す。

九月とはいえまだ夏の色が濃く、強い日差しに照らされた樹木が歩道にモザイクアートのような影を作り出している。

都内に比べれば遥《はる》かに過ごしやすいけれど、それでも二十分も歩けば汗が流れてきた。

喉の渇きを感じ始めたこともあり、どちらからともなく部屋に戻ろうということになった。

宿泊している部屋に入ると、心地よく調整された空気が汗ばんだ肌を優しく包む。

「先に汗を流す？」

そう問いかけてきた雅之は、視線でテラスの露天風呂を示す。

部屋には源泉掛け流しを謳《うた》う露天風呂がついており、室内からでも湯気が上っているのが見て取れた。

眩《まぶ》しい日差しに溶け込んでいく湯気に視線を向けていると、側に来た雅之が香奈恵の腰に腕を回してそっと撫でる。

「今から？」

甘えるように動く彼の手が求めているものがなにかは、もちろん香奈恵にもわかっている。

ただ明るい日差しの下で、彼の求める行為をするのが恥ずかしい。

「ずっと一緒にいたいのに、俺たちは忙しすぎる。この旅行が終われば俺は出張だし、香奈恵だって仕事だろ」

だから二人で過ごせる一分一秒が惜しいと躊躇《ためら》う香奈恵を説き伏せながら、腰を撫でていた雅之の手は徐々に上へ移動してそっと顎《あご》を持ち上げた。

「……うふぅ…………うっ」

顎《あご》を捉《とら》えたまま唇を重ねた雅之は、そのまま舌を侵入させてくる。

こちらの躊躇《ためら》いを絡め取るような艶《なまめ》かしい舌の動きに、香奈恵は熱っぽい息を漏らして彼の首筋に自分から腕を絡めた。

そうなればもうなし崩しである。

もとより香奈恵も、本音では彼を求めているのだ。愛する人と唇を重ねて、その体温を感じてしまえば、欲望が理性を上回ってしまう。

雅之の首に腕を絡めて唇を受け入れやすいよう首を傾けた。次の瞬間、雅之の手が香奈恵の頭を掻き抱《いだ》き、深く唇が重なる。

絡み合うように体を寄せ合い、性急に互いの服を脱がせていく。

仕事中は特徴のないスーツを無難に着ているため、細身な印象のある雅之だが、服を脱いだ彼はその印象を裏切る引き締まった体躯をしている。

「香奈恵は痩《や》せているね。簡単に壊れてしまいそうで、触れる度にドキドキするよ」

香奈恵の肌に優しく指を滑らせながら雅之が囁《ささや》く。

「俺がいない間、一人で頑張りすぎないで」

小鳥が啄《ついば》むような口付けを交わしながら、「もっと俺を頼ってほしい」と言ってくる。

「頑張りすぎなのは、雅之さんの方です」

これ以上、抱え込むものを増やす必要はない。

自分は大丈夫と小さく首を横に振る香奈恵の唇を、雅之は責めるよう甘く噛む。

「頼られたいんだよ。依存するくらい頼られて、俺なしでは生きていけないって思ってほしいんだ。でないと、捨てられそうで怖い」

「捨てるなんて、あり得ないです」

こんなに好きなのに。

その思いを伝えたくて、香奈恵は彼の頬に指で触れる。

「それに私は、雅之さんの荷物を一緒に抱えられるくらい、頼もしい存在になりたいです」

香奈恵の言葉に意表を突かれたような顔をした後、雅之はくしゃりと笑った。

「ありがとう。じゃあその代わりに、俺には香奈恵を支えさせて」

それでは本末転倒ではないか。

困り顔を見せる香奈恵を抱きしめてから、テラスへ誘う。

筋肉質な彼の体に顔を埋《うず》めるようにしてテラスに出ると、はしゃぐような人の声が風に乗って聞こえてきた。

先ほど見かけたウェディングの参列者の声だろうかと考えると同時に、これからするであろう行為に羞恥心《しゅうちしん》を覚える。

「おいで」

それでも雅之に誘われると、その羞恥心《しゅうちしん》さえ心を甘く痺《しび》れさせる甘美な刺激になってしまう。

「少し熱いな」

テラスとフラットに繋がる浴槽の淵に膝をついた雅之は、片手で湯を掬《すく》って呟く。

彼の手の動きに合わせて揺れる湯は、日差しを反射させてキラキラと輝いている。

「まあ、すぐに馴染むだろう」

そう言って桶《おけ》で湯を掬《すく》い上げた雅之が、浴槽のすぐ横に膝をついていた香奈恵の肩にかけた。

「ですね」

香奈恵が頷く。

肩を滑り落ちる湯は確かに少し熱く感じるが、水で薄めたいほどではない。

先に湯船に入った雅之に続いて、香奈恵も湯に入る。

その熱さに肌がビリビリ痺《しび》れたのは一瞬のこと。柔らかな泉質の滑《なめ》らかな湯はすぐに肌に馴染んでいく。

「アッ」

肩まで湯に浸《つ》かった香奈恵が、その心地よさにほっと息を吐くと、雅之に腰を抱き寄せられた。

浮力の助けもあり、引き寄せられた香奈恵の体は易々と雅之の膝の上に乗せられてしまう。

「香奈恵の肌は、キメが細かいな」

雅之は肌触りを確かめるように、掬《すく》った湯をかけながら香奈恵の首筋から肩へ何度も手を滑らせる。そして一度湯に沈めた手で香奈恵の腰を撫でてから、胸の膨らみへ滑らせていく。

片方の腕で香奈恵の腰を支えて、もう一方の手で柔らかな胸を揉みしだき始める。

たちまち湯船に浸《つ》かった時とは異なる種類のゾクゾクとした痺《しび》れが香奈恵の肌を包み込んだ。

湯の中で彼の手が動く度、湯船に小さな波が立ち、太陽の輝きを反射させる。その輝きに目を細めながら、香奈恵は声を押し殺して身悶《もだ》えた。

「……ッ…………うっ」

健康的な日差しの下、遠くとはいえ人の声が聞こえる場所で、淫《みだ》らな声を出すのは憚《はばか》られて下唇を噛んで身をくねらせる。

懸命に声を押し殺す姿が加虐心を煽《あお》るのか、雅之はより淫《みだ》らに彼女の胸を攻め立てていく。

強く弱く胸を揉みしだき、指の隙間から零れ出る胸の尖《とがり》を指の間に挟んで刺激してくる。

「あ……ッ」

甘美な刺激に、香奈恵は思わず湯を跳ねさせて背中を反《そ》らせた。

雅之は一度胸から手を離すと、香奈恵の髪を一まとめにして左肩へ流し、右肩に唇を這《は》わせてくる。

「感じているなら、声を出して」

首筋に舌を這《は》わせつつ雅之が命じる。そうしながら、再び胸の膨らみを揉みしだいてきた。

「ん……駄目っ」

ゆるゆると首を横に振って雅之の言葉に抗《あらが》おうとするが、それを彼が許すはずもない。

声を抑えるお仕置きとでもいった様子で、胸の愛撫《あいぶ》を再開させた。

指の腹が乳輪をなぞるように動いたかと思うと、指の間に挟んで強く引っ張る。

そんなふうに触られるのが初めてというわけではないが、今日はいつもとはシチュエーションの違う昼日中の屋外という環境のせいか、より感覚が鋭敏になっている気がする。そのため、彼の指が胸に触れる度に、背中にゾクゾクとした痺《しび》れが走った。

「………ッ」

彼の愛撫《あいぶ》がもどかしくて、細い指を噛んで脚を擦り合わせる。

不安定な状態でそうしたせいで体の重心が後ろに傾き、背中を彼の胸に預けた。

香奈恵の体を受け止めた雅之は、腰を支えていた手をそっと下げる。

「あっ」

彼の手が行きつく場所を察して咄嗟《とっさ》に距離を取ろうとするが、雅之がそれを許すはずもない。

「ほら、脚を開いて。もっと気持ち良くしてあげるから」

背後から包み込むように香奈恵を抱きしめた雅之は、そう囁《ささや》きながら香奈恵の秘所へ指を這《は》わせる。

雅之の指は、容赦なく敏感な場所を捉《とら》え、薄皮を剥《む》いてもっとも敏感な蕾《つぼみ》を刺激した。

「あっ！　ヤァアッ」

瞼《まぶた》の裏で光が明滅するような強い刺激に、香奈恵は声を殺すのを忘れて喘《あえ》ぐ。

条件反射のように股を閉じようとするが、雅之の手首を強く挟み込むだけの結果となってしまった。

「香奈恵の奥から、どんどん蜜が溢《あふ》れてくるよ」

そう囁《ささや》きながら、雅之は男性的な長い指で香奈恵の陰唇を割り開いた。

「ふぁ……ぁ…………ぅっ」

容赦なく広げられた敏感な柔肌に、湯を感じる。

普段、外気に触れることのない場所に湯が触れる状況だけでも堪《たま》らないのに、雅之の指が柔肌を撫でてつぷりと中に入ってくる。

雅之の指はさほど深く入っていないのに、愛液が湯に流されてしまうため、いつもよりずっと敏感に彼の指を感じてしまう。

「あぁぁあぁぁぁぁっ」

網にかかった魚がもがくように、彼の腕の中で水を跳ね上げて身悶《もだ》える。

雅之は香奈恵の素直な反応を楽しむように、ゆっくりと指を動かしながらもう一度命じた。

「わかる？　香奈恵のここが、物欲しげに震えている。……ほら、もっと気持ち良くなるために脚を開いて」

そう命じながら、雅之はまるで甘いお菓子をしゃぶるように首筋に舌を這《は》わせる。その動きがひどく淫《みだ》らで、じっとしていられない。

これ以上外で淫《みだ》らな声を上げるなんて耐えられないのに、その気持ちとは裏腹に体は甘美な刺激を求めて彼の言いなりになってしまう。

なにより、臍《へそ》の裏を起点に湧き上がる甘い熱を鎮《しず》められるのは、雅之だけなのだとすでに学んでいる。

「いい子だ」

香奈恵がそろそろと脚を開くと、耳朶《じだ》を食《は》んだ雅之が甘く囁《ささや》く。

舌で耳の付け根をくすぐりながら、膣に深く指を沈めてくる。

その指でゆっくりと弧を描くように中を刺激されると、背中に熱とも痺《しび》れともつかない強い衝撃が走った。

「……ア……アアッ……だ、だめ…………やぁ」

いつもより強烈に感じる指を、無意識に締め付けてしまう。

「嘘つき」

バシャバシャと水飛沫《しぶき》を上げてもがく香奈恵を、雅之が甘い声で責める。

「これは、駄目って反応じゃないだろう？　……ほら、香奈恵のここは、もっと感じたいって俺の指を誘ってる」

そう囁《ささや》きながら、雅之は香奈恵の中に沈めている指を三本に増やした。

強引にみちみちと媚肉を引き伸ばされていく感覚に、堪《たま》らず四肢をバタつかせる。

その動きに合わせて水が跳ね、二人の頬を濡らすが、雅之は気にしない。自分の腕の中でもがく香奈恵の様をもっと見たいとばかりに、より淫《みだ》らに指を動かしていく。

「香奈恵、愛してる。……ほら、もっと感じて。もっと、香奈恵の甘い声を聞かせて」

誰かに嬌声《きょうせい》を聞かれるのではと、声を出さないようにして身悶《もだ》える香奈恵は、嫌だと首を横に振る。

「恥ずかしい？」

香奈恵はそれに頷いた。

これで許してもらえると思ったのに、雅之はより苛烈《かれつ》に指を動かして欲望を煽《あお》ってくる。

「あっぁ……」

声を押し殺し、香奈恵は体を震わせる。

でも喘《あえ》ぎ声を堪《こら》えることで、余計に肌や耳が過敏になっているようだ。肌を撫でる風や、彼の息遣い、さらには遠くに聞こえる人のざわめきをやたらと意識してしまう。

「香奈恵は困っている方が感じるようだ」

「——っ！」

男性的な節のある長い指が自分の中で暴れる。

全身を駆け抜ける強烈な快楽に一度強く体を強張《こわば》らせた香奈恵は、彼に身を預けて脱力した。そんな彼女の体を胸で受け止めた雅之は、それでも両手の動きを止めない。

「愛してる？」

香奈恵の気持ちを確かめるように、指を動かしながら聞いてくる。

香奈恵は体を小刻みに震わせながらカクカクと頷く。

しかし雅之はそれでは満足できないとばかりに、さらに激しく香奈恵の中で指を動かした。

乳首を強く摘まれつつ、湯でふやけた肉芽を転がされると、痛いほどに子宮が収縮する。

彼の巧みな指の動きにあられもなく身悶《もだ》え、抑えきれない嬌声《きょうせい》を上げた。

「あぁあぁ……大好き……雅……雅之さん！　……愛し……ています……っ」

羞恥《しゅうち》を忘れて喘《あえ》ぎ声に喉を震わせる。そして大きく背中を反《そ》らして熱に浮かされたように愛の言葉を口にした。

「愛してる」

ようやく満足したのか、雅之は香奈恵を甘い責め苦から解放する。

そして体の向きを反転させ、正面から香奈恵の体を抱きしめた。

湯に濡れた髪に顔を埋《うず》め、香奈恵の存在を確かめるように大きく息を吸い込む。

「……」

重ねた肌から自分と同じくらい速い彼の鼓動に気付く。それと共に、下肢に触れる彼の昂《たかぶ》りを感じた。

興奮しているのは自分一人ではないのだと安堵する。

「続きはベッドで」

向き合って彼の肩に顎《あご》を預けた香奈恵の背中を撫でながら雅之が囁《ささや》く。

たった今、これ以上ないほど乱れた後だというのに、彼に求められているのが嬉しくて、体の奥が切なく疼《うず》いてしまう。

おずおずと頷く香奈恵に満足そうに微笑み、雅之はとりあえず今は休息といった感じで優しく抱きしめてくる。

「次の休暇は、もっと一緒に過ごしたい」

こんな心地よい時間が、明日にはもう終わってしまうなんて悲しいと嘆く雅之に、香奈恵も「私もそう思います」と返した。

「もっとたくさんの時間を、雅之さんと一緒に過ごしたいです」

香奈恵の心からの言葉に、今度は雅之が彼女の首筋に顔を埋《うず》めて「俺もだよ」と返して続ける。

「次は、海外に行くのもいいな。もし三月の休みが合わせられるなら、一緒にベルリンに行かないか」

三月には、ベルリンでＩＴＢという世界のホテルや観光業界の見本市のようなイベントが開催される。彼はそれに香奈恵を誘っているのだろう。

それは、かなり心がそそられるお誘いである。

「いいですね」

これから自分たちはたくさんの時間を共有していくのだと思うと、それだけで心が躍る。

香奈恵は雅之の首に腕を絡めて自分から唇を重ねた。

風が頬を撫で、木々の枝を揺らす。

葉擦れの音に交ざって、微かに幸せそうな人々の声が聞こえる。

最初はただただ恥ずかしかったけど、いつの間にか彼に抱かれてこうしていることに、たとえようもないほどの幸せを覚えている。

「愛しています」

香奈恵は雅之を見つめて愛を囁《ささや》く。それに応《こた》えるように、雅之が腰を抱く腕に力を込めた。

「早く結婚しよう」

愛おしさを溶かし込んだ甘い声で雅之が告げる。

——こんなに愛おしい人と離れられるわけがない。

離れて生きることなどすでに考えられなくなっている香奈恵は、彼の言葉に素直に頷くのだった。

◇　◇　◇

「戻りました」

雅之と長野のホテルで過ごしてから三日後。

プチブライダルの宣伝のため、ブライダル雑誌の編集者と打ち合わせをしてきた香奈恵は、事務所に戻ると、スタッフの予定を書き込むホワイトボードに向かった。

「天気どうだった？」

「そろそろ降り出しそうです」

パソコンから顔を上げた部長に、そう答える。

今日は朝から湿度が高く、灰色の雲が空を覆《おお》っていたが、先ほど見上げた空は鈍色《にびいろ》の雲が重く立ち込めて今にも雨が降り出しそうな雰囲気だった。

「傘、忘れてきたんだよな」

部長のぼやきを聞き流し、香奈恵はホワイトボードの自分の欄《らん》に貼ってあった「外出」のマグネットシートを剥《は》がす。

自分の名前の下にある雅之の欄《らん》には「休み」の文字が貼られている。今頃、シンガポールで商談に励《はげ》んでいるのだろうか。

「堀江さん、せっかくのお休みなのに可哀想」

後ろから聞こえてきた声に振り返ると、カタログを抱えた晶子が立っていた。

香奈恵と目が合った晶子は、可愛く小首をかしげ「チーフは、お休みにどっか行きました？」と聞いてくる。

「うん。少しだけ……」

雅之との関係を公《おおやけ》にはしていないし、もともと彼を狙っていたのは晶子の方である。

そんな晶子にじっとりした眼差しを向けられて、気まずさから言葉を詰まらせていると、彼女が突然文句を言い始める。

「えー、お土産《みやげ》はないんですか？」

「あ、ごめん」

緊張した分、なんだ、と肩から力が抜ける。

だがそれを言うなら、香奈恵より一足早く休みを取っていた晶子は、一応付き合っているという広告代理店勤務の彼と海外旅行に行っていたはずだが、お土産《みやげ》などもらっていない。

「今度は忘れないでくださいね」

拗《す》ねた口調の晶子を、笑って見送る。

自分のデスクに着き、先ほどの打ち合わせで受け取った質問一覧に目を通していると、電話のコール音が聞こえた。

オフィスの固定電話特有のコール音に、香奈恵は自分のデスクの電話を確認したが音は発していない。他の誰かのデスクに直通電話が掛かってきているようだ。

——誰に電話だろう？

なんとなく気になって周囲に視線を向けると、部長がデスクの電話に手を伸ばすのが見えた。

話している内容までは聞こえないが、受話器片手に部長は見えない相手にやたら頭を下げている。

その緊張した様子から、クレームでも入ったのだろうかと心配して見守っていると、電話を終えた部長がこちらへ視線を向けた。

「——っ！」

まさか、なにかミスをしたのだろうか。

香奈恵が緊張した面持《おもも》ちで言葉を待っていると、部長が「真嶋グランドマネージャーがお呼びだ」と告げる。

「私を……ですか？」

「内容は直接会ってから話すから、執務室に来てほしいとのことだ」

そう話す部長の表情にも、戸惑いの色が浮かんでいる。

「執務室……」

雅之による騙《だま》し討ちのような食事会以降、祐一マネージャーと言葉を交わす機会はなかった。職場が同じなために廊下などですれ違うことはあるが、相手はこのホテルの総責任者だ。一スタッフでしかない香奈恵にとっては、相変わらず雲の上の存在で、会ってもお辞儀や短い挨拶《あいさつ》を交わす程度だった。

それに彼は今、雅之と海外出張中ではなかったか……？

――雅之さんに、なにかあったのかな？

自分との接点といえばそれしかないので、すぐにそれが頭に浮かぶ。

咄嗟《とっさ》に雅之の身を案じた香奈恵だったが、次に浮かんだのは、彼と別れてほしいと言われるのだろうか、ということである。

食事会の席では二人の関係を認めたものの、やっぱり香奈恵では真嶋の家にふさわしくないと考え直し、雅之のいないタイミングで話をしようとしているのかもしれない。

「……」

ついネガティブな想像が頭をよぎるが、ここで悩んでいても埒《らち》が明かない。

合理的に思考をまとめた香奈恵は、手際よくデスクを片付けて立ち上がった。

祐一マネージャーの執務室は、弄月荘のスイートルームと同じフロアにある。

グランドマネージャーの仕事は忙しく、国内外を問わず常に飛び回っている。パソコンとスマホがあればどこでも仕事ができるこの時代、祐一マネージャーは場所を決めて仕事をするのが面倒と、弄月荘にいる時も空《あ》きスペースを見つけてはその場でデスクワークを片付けているという話は、社員の間で有名である。

そして祐一マネージャーが執務室を使用するのは、大事なお客様を迎える時などに限られているというのも、社員の間では知られた話だった。

だから、ただの仕事の話なら香奈恵を執務室に呼び出したりはしないだろう。

相手はこのホテルの最高責任者なのだ。もし香奈恵に名指しでクレームが入ったとしても、その上の部長などを通して話が下りてくるはずだ。

それに純粋に仕事の話をするだけなら、その話し合いの場所にここを選ばないだろう。

さすが弄月荘と絶賛したくなる眺望と内装を楽しむ余裕もなく、香奈恵はこれからどんな話をされるのか考える。

――やっぱり別れてほしいと言われるのかな？

少し前までなら、そう言われても仕方ないと思っていたはずなのに、雅之をかけがえのない存在と認識した今ではそれが難しい。

二人の関係を否定されるのが怖くて、つい悪い方にばかり考えてしまう。

でもそれは、雅之を諦めるための心の準備ではなく、そんな未来を回避する対策を練るためである。

弄月荘自慢の庭園を見下ろせる位置に置かれたソファーに、背筋を伸ばして浅く腰掛ける。香奈恵が、就職試験の時のような緊張感で待っていると、ほどなくして扉をノックする音に続き、祐一マネージャーが部屋に入ってきた。

「呼び出しておいて、待たせて申し訳ない」

「いいえ。ご無沙汰しております」

気さくな口調で話す祐一マネージャーは、素早く立ち上がって一礼する香奈恵に座るように手で合図して、自分も向かいのソファーに腰を下ろした。

「さて」

腰を下ろしたついでといった感じで両方の膝を軽く叩いた祐一マネージャーは、雅之との血の繋がりを感じさせる柔和な微笑みを浮かべて口を開く。

「雅之はまだシンガポールだ。こちらで少しトラブルがあって、僕だけ先に日本に帰ってきた」

それでも明日には雅之も日本に帰ってくると付け足し、香奈恵に雅之から預かったという紙袋を渡す。

紅茶の名店として知られる店の茶葉とマカロンが入った紙袋には、流麗な彼の文字で早く会いたいとメッセージが添えられていた。

香奈恵が疲れた時、自分へのご褒美《ほうび》に上等なお菓子を食べることを知っている雅之の気遣いだろう。

膝にのる小ぶりな紙袋の中に彼の優しさを感じて頬を緩めていると、祐一マネージャーが「これはとりあえずで、正式な土産《みやげ》は自分の手で渡したいそうだ」と言葉を付け足した。

その優しい口調は雅之によく似ている。

もしかしたら警戒するような話ではないのかもしれないと、先ほどまでの緊張を緩めて香奈恵がはにかんでいると、祐一マネージャーに謝られた。

「アイツをいいように使って悪いな」

「いいえ、仕事ですから。それに雅之さん自身、楽しんでやっているようです」

雅之の表情を見れば、彼がマシマの仕事をただの義務感でこなしているわけではないと容易に理解できる。

だから、恋人という理由で香奈恵にそれを止める権利はない。

それは、結婚や付き合うという言葉は人の心や行動を縛る枷《かせ》ではない、と言った雅之に教えられたことだ。

凛《りん》とした姿勢で話す香奈恵に、祐一マネージャーが安堵の息を吐く。

「そう言ってもらえると助かるよ。アイツには、俺にはない天賦《てんぷ》の才があるから。……千羽さんは、企業のトップに求められる資質ってなんだと思う？」

「えっと……」

急に問われて言葉に詰まる。

ありきたりな言葉を使うのであれば、カリスマ性とでも答えるべきだろうが、ではそのカリスマ性がどんなものかと問われるとうまく言葉にすることができない。

「僕は、企業のトップに求められる資質は相手の夢を汲《く》み取り、その夢に近付くための道筋をうまく示せることだと考えている」

悩む香奈恵の代わりに自分なりの答えを口にして、祐一マネージャーは付け足す。

「雅之は誰かの夢をサポートする時、自分自身も本気で楽しんでる。人の目を引く存在であるアイツが楽しそうに仕事をするから、周囲もついつられて頑張ってしまうんだよ」

その言葉に、香奈恵はなるほどと頷いた。

確かに、雅之はいつも楽しそうに仕事をしている。

初めの頃は、一歩引いた位置で他人を補佐することに徹する雅之を物足りなく思っていたが、彼の素性や人柄を理解した上で観察すると、彼は未来のマシマのために人を育てようとしているのだと理解できた。

納得する香奈恵の表情を確認して、彼は続ける。

「雅之はそういう才能に溢《あふ》れていて、僕自身、奴に乗せられている部分もある」

恥ずかしい秘密を打ち明けるように祐一マネージャーが言う。

「なんとなくわかります。私も、雅之さんのサポートのおかげで頑張ることができています」

香奈恵が共感の姿勢を示すと、祐一マネージャーの表情に僅《わず》かな変化が表れる。

その表情の変化に居住まいを正した香奈恵に、彼は膝にのせていた手で軽くももを叩いて切り出した。

「マシマに入るにあたって、まずは現場の空気を感じたいという希望に従い、雅之を千羽さんの部下に付けて約一年。アイツにはそろそろ、本来の仕事に専念してもらいたいと考えている」

その言葉に、この呼び出しの目的を察した。

雅之はマシマホールディングスの御曹司で、将来社長となる兄を支えるために転職してきたのだ。

そんな人が、いつまでも自分の部下でいていいわけがない。

「辞令が出るんですね」

祐一マネージャーが頷く。

「アイツに言う前に、まずは千羽さんに話しておくべきだと思ってね」

その気遣いは、香奈恵が彼の直属の上司であると同時に、彼の恋人として認められているからだろう。

祐一マネージャーは、今後マシマが手がける海外の新規事業を雅之に任せたいと打ち明けた。

「海外赴任ですか……」

感情を抑え込もうとしても、ショックが声に滲《にじ》み出てしまう。

雅之の立場を考えれば妥当な人事だし、それを邪魔するつもりはない。それでも今以上に彼と会えなくなるのだと思うと、そんなの嫌だと駄々をこねたくなってしまう。

「承知しました」

好きな人と離れたくない。……そんな子供じみた感情を無理やり呑み込んで、香奈恵は微笑む。

そんな香奈恵に、祐一マネージャーが申し訳なさそうに眉尻を下げた。

香奈恵は努めて明るい声で問いかける。

「その場合、欠けた人員の補充はどうなりますか？」

プチブライダルの認知度はまだ低く、弄月荘内でも不採算部門として扱われている。そのため当分の間、人員補充はなく、晶子と二人で回せと言うのであればそれは仕方がないことだ。

なんとも言えないこの場の空気を変えたくて問いかけた香奈恵に、祐一マネージャーはいよいよ困った顔をした。

言葉を探すように一度視線を彷徨《さまよ》わせた後、表情を改めて口を開く。

「前期役員会で話し合った結果、プチブライダルは今年度をもって廃止という方向で話が進んでいる」

「え……」

思いがけない話に、咄嗟《とっさ》に言葉が出てこない。

忙《せわ》しなく瞬《まばた》きを繰り返す香奈恵に、祐一マネージャーは書類を取り出し、役員会でのやり取りや収支の詳細などについて説明していく。

恋人の兄としてではなく、弄月荘の最高責任者として丁寧にプチブライダルの問題点を説明してくれた。

「申し訳ありません」

香奈恵自身、プチブライダルの収益が低いことは理解していた。それでも頑張っていればいつか結果が出ると考え、目を逸らしてきた問題点をはっきり数字という形で示されると、頭を下げることしかできない。

萎《しお》れたように謝罪を口にする香奈恵に、祐一マネージャーは首を横に振る。

「最終決定まではまだ時間があるし、僕としては千羽さんの着眼点や行動力を高く評価している。ただブライダル業界は、どうしても時流に左右されやすい。プチブライダルも『今じゃなかった』っていうだけで、君が謝るようなことじゃない」

それにGOサインを出した段階で、収益の責任は会社にあると祐一マネージャーは言う。

彼のその言葉に気持ちが救われるが、上層部が撤退を口にした以上、それは動かしようのない決定事項なのだと認めるしかない。

「部署が廃止になった場合、私や西村の配属はどうなりますか？」

祐一マネージャーは気を遣って、まだ決定事項ではないと言ってくれたが、状況から考えて廃止は免《まぬが》れないだろう。

香奈恵個人として思うところはあれど、上司として晶子の今後を考えなくてはいけない。

そのことを尋ねると、香奈恵の方から内々に異動の希望先を晶子に確認してほしいとのことだ。

「それで千羽さんの今後についてなんだけど……」

祐一マネージャーは書類と一緒に置いていたタブレットの画面を開いて続ける。

「千羽さんは、もともとはホテルスタッフ希望で、将来的には海外勤務を希望していたよね。そのためＩＥＬＴＳ《アイエルツ》も定期的に受けて、最近のスコアは……」

チラリと見えた彼のタブレットには、社員証に使われているものと同じ自分の顔写真が見えたので、おそらく香奈恵の情報を確認しているのだろう。

タブレットに視線を走らせ、小さく頷いた祐一マネージャーは、香奈恵に視線を戻して切り出す。

「どうだろう、サポート役として、雅之の海外赴任に同行してもらえないだろうか？」

「え……？」

想定外の話にキョトンとする香奈恵に、祐一マネージャーが言う。

「雅之のフィアンセとしてでも、ビジネスパートナーとしてでもいい。千羽さん自身、海外勤務を希望して努力してきたなら、悪い話ではないと思うんだが……」

祐一マネージャーは、まったく悪意を感じさせない口調で提案してきた。

そして、困ったように髪を掻いて付け足す。

「雅之との将来を真剣に考えてくれているなら、二人のためにもその方がいいと思うんだ」

「どういう意味でしょう？」

どこか含みのある言葉に、さっきまでとは違う緊張感が走る。

拳《こぶし》を握り締めて前のめりになった香奈恵に、祐一マネージャーが小さく咳払いをした。

「僕たちの祖父が堀江正宏だってことは、前に話したよね」

「はい」

「祖父の本音は、雅之に堀江の家名だけでなく、自分の政治基盤も継がせたいんだ。それなのに雅之がマシマに就職した上、祖父が勧める縁談を全て断り、自分で結婚相手を決めたものだから、今ちょっと荒れていてね」

なんとも言えない表情で苦笑する祐一マネージャーの話を聞いて、香奈恵には思い当たることがあった。

長野で祖父からかかってきた電話を無視した雅之は、香奈恵にその理由をマシマに就職したことに不満を持っていて機嫌が悪いからだと話した。

あの時、彼がマシマに就職して一年近く経った今になって……と、少し不思議に思ったのだけれど、堀江元大臣の怒りの原因が、香奈恵との交際にあるのだとしたら納得がいく。

「……」

いっぺんに色々な話を聞かされ、うまく頭が働かない。

口元に手を添えて考え込む香奈恵に、祐一マネージャーは誤解がないようにと前置きして話を続ける。

「僕たち家族は、千羽さんと雅之の結婚を反対するつもりはない。企業のトップとして、優秀な社員である雅之を頼りにしているのと同時に、家族としてアイツの幸せを願っている。だからこそ、しばらく海外で働きながら結婚や子育てをして時間を過ごして、祖父が諦めるのを待ってはどうかと思うんだ」

雅之より低い声のトーンで語る祐一マネージャーは、それが最善の策だと優しく微笑む。

弟の幸せを願う彼に、微塵《みじん》も悪意がないのはわかっている。香奈恵に対しても、従業員として、雅之の恋人として、最大限の配慮をしてくれていた。

それでも香奈恵の心の中に、言葉にできない澱《おり》のような重たい感情が渦巻いている。

海外で仕事をしたいという願い、雅之との結婚や出産、そういういつか叶えたいと願っていたものの全てを、こんな形で手に入れてしまっていいのだろうか。

「……」

「とりあえず雅之が帰ってきたら、二人で今後について話し合ってみて」

難しい顔で黙り込む香奈恵は、祐一マネージャーのその言葉にどうにか頷いて執務室を後にした。

◇　◇　◇

祐一マネージャーと話し合った翌日、香奈恵は、帰国したという連絡を受けて仕事帰りに雅之の家を訪れた。

帰国した足で、すぐに打ち合わせを兼ねた食事会に参加してきたという雅之の顔には、疲労の色が見てとれた。だからすぐに帰ろうとしたのだが、雅之に、お土産《みやげ》に買ってきた茶葉で紅茶を淹《い》れてほしいと引き止められた。

そんなふうに頼まれた以上、彼のために丁寧に紅茶を淹《い》れようとキッチンに立っていると、リビングで休んでいたはずの雅之が顔を見せた。

「疲れてる？」

コンロの前に立ち、お湯が沸くのを待っていた香奈恵は、横顔を覗き込んでくる雅之の言葉にそっと口角を持ち上げる。

「疲れているのは、雅之さんの方でしょ」

ケトルの口先から湯気が勢いよく上《のぼ》るのを確認した香奈恵はコンロの火を止め、側に準備しておいた透明なポットにお湯を三分の一ほど注《そそ》ぐ。

ケトルをコンロに戻してポットを手に取り、片手で蓋《ふた》を押さえて円を描くようにそれを揺らすと、ポットの中でお湯が踊るように揺れる。

「お茶は私に任せてリビングでくつろいでいてください」

ポットのお湯をシンクに捨てながら香奈恵が言う。

「香奈恵が紅茶を淹《い》れる動作は、芸術的で見ていて飽きない」

「言いすぎです」

そんなふうに言われると、緊張してしまうではないか。

香奈恵はムッと難しい顔をする。

それでも彼に美味《おい》しい紅茶を淹《い》れるため、タイミングを逃さないように温めたポットに紅茶の茶葉を入れ、そこにケトルのお湯を勢いよく注《そそ》いで蓋《ふた》をした。

そうすると注《そそ》いだお湯の勢いで一度舞い上がるように浮かんでいった茶葉は、数秒後にはポットの中で上へ下へと揺れ動く。

それはジャンピングと呼ばれる現象で、紅茶好きな香奈恵には見慣れた光景だったが、雅之は香奈恵が彼のためにお茶を淹《い》れるようになるまでそれを知らなかったのだという。

「香奈恵に教えてもらうまで、家で美味《おい》しい紅茶を淹《い》れられるなんて知らなかった」

ゆらゆらと踊る茶葉を眺めながら雅之が言う。

学生時代から一人暮らしをしていた雅之も、自分で紅茶を淹《い》れて飲むことはあったそうだ。

でも自分で淹《い》れる紅茶は、渋くて舌の上にえぐみのようなものが残り、美味《おい》しいとは思えなかったのだと言う。茶葉や水を高級なものにすれば美味《おい》しくなるかと、色々試したこともあったが、結果は同じだったと苦笑いしていた。

レストランや専門店で口にする紅茶とは雲泥《うんでい》の差のある味に、一般人が美味《おい》しい紅茶を淹《い》れるのは無理だと納得し、我慢して渋い紅茶を飲んでいたと聞いた時には、紅茶好きの香奈恵としては呆れるしかなかった。

紅茶を美味《おい》しく淹《い》れる秘訣は、金額ではなく手間とタイミングだ。

「紅茶は空気をふんだんに含んだ軟水で淹《い》れる方が美味《おい》しいんです。それに高温で淹《い》れないと、うまくタンニンが溶け出さないから、カフェインの味ばかりが舌に残るんですよ」

ポットをタオルで包み、茶葉を蒸らしながら言う。

日本の水道水は軟水が多いので下手《へた》にペットボトルに入った海外の硬水を使うより、紅茶を淹《い》れるのに適している。それに空気を含んだ水の方が美味《おい》しくなるので、勢いよく蛇口から流した水をくんで沸かすのがお勧めなのだ。

ただそれだけのことなのに、雅之は毎回、手品を見ているように感心している。

「今まで知らなかった君のあれこれを学ぶ度、付き合えて良かったと心から思うよ。……たとえば、職場ではブラックコーヒーばかり飲んでいる香奈恵が、本当はコーヒーより紅茶の方が好きだということも、付き合わなければ知ることができなかった」

「職場でコーヒーばかり飲んでいるのは、紅茶好きゆえの結果です」

好きな紅茶に対してはこだわりが強く、譲れないことがありすぎて気軽に飲めない。

そんな香奈恵のこだわりを知った雅之は、「妥協のない香奈恵らしい意見だ」と笑い、紅茶を淹《い》れるための茶器を新しく揃えてくれた。

今使っている透明のポットも、その一つである。

タオルで包んでいるポットから伝わる温もりを、彼の優しさと重ね合わせていると、雅之に背後から抱きしめられた。

「ついでに言うと、ブラックコーヒーを飲む時のお菓子の重要性も、香奈恵に学んだよ」

香奈恵の腰に腕を回して首筋に顔を埋《うず》める雅之は、囁《ささや》くように話す。

普段物静かだけど、自分の信念を譲らない香奈恵の持つ様々なこだわりは、興味深くて聞いていて飽きない。そして香奈恵のそういったマイルールを一つずつ知っていくのが楽しいと、彼は言う。

人を好きになるということは、興味を持って相手を理解していくこと。

相手の価値観を知り、自分と異なる感性を持つ相手の目に世界がどう映っているかを理解することで、自分自身の価値観を変化させていく。

香奈恵といると、人は幾つになっても成長できるのだと実感する。

そんなことを、雅之は歌うような口調で語っていく。

肌に触れる彼の息遣いと言葉、その両方をくすぐったく思いながら、香奈恵は軽く首を横に振る。

「私の教えることなんて、そんなに大層なものじゃありませんよ」

雅之の手に自分の手を重ねた香奈恵が、照れくささからそう返すと、雅之はそんなことはないと首を横に振る。

「香奈恵が教えてくれることは、全て俺の人生に重要な意味がある。だって俺は、香奈恵が幸せかどうかを常に気にしているんだから。……俺がいない間に、なにがあった？」

「……っ」

恋人同士の甘やかな会話の隙間に滑り込ませてきた質問に、香奈恵は一瞬体を固くする。

紅茶を淹《い》れることに集中している体《てい》で、彼の言葉を無視していると、雅之がそっと嘆息して言葉を続けた。

「ずっと香奈恵を見てきたし、誰よりも君を幸せにしたいと願っている。だから、香奈恵がなにかを抱えて一人で苦しんでいると、俺も苦しいよ」

忙しい彼に不要な心配をかけないため、うまく感情を隠しているつもりでいたのに、どうやら見抜かれていたらしい。

小さくため息を吐いた香奈恵は、雅之の腕の中で身じろぎすると、どうにか腰を捻《ひね》って彼を見上げた。

とりあえず今は、彼のために美味《おい》しい紅茶を淹《い》れよう。

「紅茶を淹《い》れたら話します。だから、リビングで待っていてください」

そう言って彼の胸を押した香奈恵は、体の向きを戻してポットを包んでいたタオルを解く。

雅之は香奈恵の体を一度強く抱きしめると、なにも言わずにキッチンを出ていった。

キッチンの扉が閉まる音を背中で聞いた香奈恵は、昨日の祐一マネージャーとの会話を思い出して再びため息を吐く。

雅之の海外赴任に、プチブライダルの廃止。それに伴う自分の身の振り方……

彼と離れて暮らすことなんて考えられないのに、プチブライダルが廃止になるのも辛い。そしてなにより……

——雅之さんと離れたくないけど、自分で叶えたわけじゃない未来を受け入れられない。

そんな面倒くさい本音を口にして、彼に呆れられるのが怖いのだ。

なんでも一人で抱え込むのは、直すべき悪癖だとわかっているが、すぐには行動が伴わない。突然、人生の大きな選択を迫られればなおのことだ。

あれこれ思考が忙しく駆け巡《めぐ》るだけで、ちっとも結論に辿《たど》り着けない。

祐一マネージャーの提案に乗れば、香奈恵が「いつかは……」と願っていた夢をいっぺんに叶えることができる。それがわかっているのに、何事にも納得しないと行動に移ることのできない性格が邪魔をして、素直に受け入れることができない。

ではどうするのが二人にとっての最善の行動なのか……。答えの出せない問いが、ひたすら頭の中を駆け巡《めぐ》る。

香奈恵は、そんな自分の性格に呆れつつお茶の準備をしていった。

◇◇◇

後ろ髪を引かれる思いでキッチンを出た雅之は、ため息を吐きつつ自分の後頭部を軽く叩く。

香奈恵の気持ち一つで世界が終わってしまいそうな不安に駆られる自分は、たぶんどうかしている。

それでも、もし彼女の抱えている問題が自分に解消できないものだとしても、一緒に悩む権利を与えてほしいと願ってしまう。それくらい自分は、彼女に心を掴まれているのだ。

これまでは、付き合っている人に対して、ここまで感情を揺さぶられることはなかった。

自分はいつでも香奈恵の存在に飢《う》えている。香奈恵と両想いになったことで、愛情が飢餓《きが》に繋がっていると思い知らされた。

常に彼女の存在を感じていたくて、彼女が与えてくれる感情全部が愛おしい。それが、痛みでも慈《いつく》しみでも、全てを理解したいと思う。

もちろん、自分がどれほど彼女を愛していても、香奈恵の心は香奈恵のものだ。

だから、なにかに悩んでいるとわかっても、彼女がそれを話したいと思うまで待つしかない。

「……」

一人リビングに戻った雅之は、帰宅した際に、郵便受けから回収して扉脇のチェストに放置していた郵便物の束に視線を向けた。

定形郵便サイズのダイレクトメールや挨拶《あいさつ》状の中で、一際存在感を放つA4サイズの封筒。それには切手が貼られておらず、表面に達筆な筆文字で「至急、御確認をお願い致します」という言葉と共に祖父の秘書の名前が綴《つづ》られていた。

祖父の名前が書いてあれば無視しただろう。だが、これを無視したことで秘書が叱責《しっせき》されては気の毒だと中を確認したところ、案の定、見合いの釣書が入っていた。

相手は、祖父が属する政党を長く支持している大手ゼネコン会社の社長の孫娘で、夏季休暇の少し前、弄月荘に押しかけてきた女性だ。

これまでも何度かパーティーで顔を合わせたことのあるその女性は、育ちや学歴も申し分なく、匂い立つような美しさを持った人ではある。だが傲慢《ごうまん》なまでに自尊心が高く、彼女の要求を満たすために取り巻きたちがいつも手を焼いていた。

どれだけ美しくても、常に誰かにご機嫌を取ってもらわないと自分を保てないような女性は好みではない。まして結婚相手になどごめん被《こうむ》る。

だが彼女は雅之を気に入ったらしく、祖父を介してしつこくアプローチを続けていた。

その上、結婚するなら、「元大臣の孫」ではなく「未来の大物政治家」の方が箔《はく》がつくと周囲に宣《のたま》ったことで、かなり面倒くさいことになっていた。

その気になった件《くだん》の社長が、雅之と孫娘が結婚するのであれば、政治家になる後押しを惜しまないと言い出した。

政界から引退したと言っても、秘書を抱えて講演活動などを続けている祖父は、叶うことなら自分の地盤を雅之に継がせたいと考えていたようで、この縁談が祖父の燻《くすぶ》っていた野心に火を点《つ》けてしまった。

雅之の母が政治の道具になりたくないと、祖父に反対される前に今で言う授かり婚というやつをやってのけ、しばし親子の仲が断絶状態にあった経験から、そういったことは諦めていたはずなのに……

しかも雅之に見合いを迫る祖父のしつこさに腹を立てた母が、つい「雅之は、結婚を前提に付き合っている女性がいます」と暴露してしまったことで、一人のけ者にされた祖父がますます意固地になって見合いを進めようとしている。

「white elephant……」

出張先で雑談の中で耳にした言葉を苦笑まじりに呟く。

昔、仏教国で白い象は神聖な動物であり、乗り物や労働に使うことは許されず、丁重に扱うことが求められていた。

ある国で王様から白い象を贈られた家臣は、エサ代ばかりが嵩《かさ》む白い象を持て余したという逸話から、使い道がないのに維持費が高く、もらっても迷惑な無用の長物を示して使う言葉らしい。

まさにこれがそうだと、雅之は釣書を封筒に戻す手間すら煩《わずら》わしいと、投げるように釣書と封筒を重ねて元の場所に置いた。

「秘書の顔を立てて内容の確認はしたんだから、さっさと送り返すか」

そう呟いたタイミングで、香奈恵が廊下を移動する気配を感じた。

雅之は、香奈恵のために扉を開いて押さえておく。

二人分の紅茶と、彼女が手土産《みやげ》に買ってきたガトーショコラを載せたトレイを持つ香奈恵は、扉を押さえる雅之の前を通る際にペコリと頭を下げた。

なにか難しい感情を抱えていてもこちらへの感謝を忘れない律儀さに、こういうところが彼女とずっと一緒にいたい理由なのだとつくづく思う。

リビングに入ってきた香奈恵は、お茶をソファーの前のローテーブルにセッティングしていく。

彼女が二人分のお茶を並べてセットしたことに、雅之はそっと安堵の息を漏らした。

——並んでお茶を飲むということは、嫌われたわけではないらしい。

どこかよそよそしい彼女の態度に、内心別れ話を切り出されるのではないかとヒヤヒヤしていた身としては、それだけでも安堵する。

安心して香奈恵の隣に腰を下ろした雅之は、そのまま彼女が淹《い》れてくれた紅茶を飲む。

それは相変わらず香りがよく、雅之の舌に滑《なめ》らかに馴染んで、温かな感情に包まれていく。

まるで香奈恵そのもののようだ。

「香奈恵の淹《い》れる紅茶は、いつも優しい味がする」

紅茶を一口飲んだ雅之がしみじみした口調で呟くと、香奈恵は不器用に微笑んで、自分の紅茶に口を付けた。

好きなものを口にして多少気持ちが落ち着いたのか、カップをソーサーに戻した香奈恵の表情が少し和《やわ》らいだ。彼女は意を決した様子で、こちらに視線を向けた。

「真嶋マネージャーから、プチブライダルが廃止の方向で話が進んでいると聞きました」

「……そうか」

雅之は、なんとも言えない思いで息を吐く。

近いうちに話があると思っていたが、自分が不在の間に兄が動いたようだ。

「力になれなくて、ごめん」

カップの縁を指先でなぞりながら、香奈恵はそっと首を横に振る。

「雅之さんが謝ることじゃないです。……せっかくのチャンスを活かせなかったのは、私の至らなさのせいです」

彼女がこのまま脆《もろ》く崩れてしまうのではないかと不安になり、肩に腕を回して彼女を抱き寄せようとした。でもカップから手を離した香奈恵は、体を後ろに引き、それを拒《こば》んだ。

「その話と一緒に、雅之さんに海外の新規事業を任せるつもりでいると伺いました。もし望むのであれば、私に随行してほしいと……」

雅之は、触れることを拒《こば》まれた手を紅茶に手を伸ばした。

彼女の優しさを凝縮させたような紅茶を口に含んで、思いを落ち着けて思考を巡《めぐ》らせる。

近い将来、この日が来るとわかっていたからこそ、七月のあの日、かなり強引な手段で彼女を口説きにかかったのだ。

自分の立場を考え、理性で彼女を諦めれば後悔すると本能でわかっていた。

それほど愛した人なのだ。香奈恵のいない人生など考えられるはずがない。

とはいえ、真嶋の人間として譲れないものがあるのも事実。

雅之は神妙な表情でカップをソーサーに戻すと、香奈恵へ視線を向ける。

「海外での新規事業は、何年も前から入念に準備してきたものだ。このタイミングで、父や兄が俺をマシマに呼び寄せた理由もそこにある。マシマの社運がかかっていると言っても過言ではない事業に、俺も全力で取り組みたいと思う」

「わかっています……」

コクリと頷いた香奈恵が、なにかに気付いたという感じで目を見開く。彼女の瞳の奥で、感情が忙《せわ》しなく揺れ動いているようだ。

香奈恵には香奈恵の抱えている思いがあるのはわかるが、雅之にも譲れない願いがある。

海外での事業が軌道に乗るまで、長期の赴任になるだろう。だからこそ、叶うのであれば、香奈恵には自分の妻として一緒についてきてもらいたい。

彼女がまだ結婚は早いと思うのなら、補佐としてでもいい。発想力も行動力もあり、語学の勉強も怠《おこた》らない香奈恵にならば、その資格は十分にある。

それがわかっているからこそ、兄も香奈恵にそんな打診をしたのだろう。

とはいえ、選ぶのは香奈恵だ。

真嶋家の次男に生まれ、これまで順風満帆《じゅんぷうまんぱん》な人生を歩んできた。私生活においても、ビジネスの場においても、欲しいものを諦める必要はない程度には満たされていた。

だけど香奈恵に恋をして、彼女に人生の選択を委《ゆだ》ねた今の自分は、風に舞う木の葉のように頼りない存在となっている。

不安が、黒い墨汁のように胃の底に溜まっていく。その不快感を堪《こら》えつつ、雅之は居住まいを正して思いの丈《たけ》を香奈恵に告げようとした。

しかし雅之が口を開くより早く、香奈恵が静かに確認してくる。

「雅之さんがプチブライダルに配属されたのは、今年度いっぱいで廃止される可能性が高かったからですか？　廃止と共に海外の部署へ異動するなら、仕事にも影響が出ないと考えたから？」

「……っ」

痛いところを突かれて、雅之の指が思わずピクリと跳ねてしまう。

その動きを見た香奈恵が、そっと瞼《まぶた》を伏せた。

そんなことはないと、見え透いた嘘でこの場を取り繕《つくろ》うことは、正直な言葉を待つ彼女を傷付けることになる。

なにより自分が愛するこの人は、耳に心地よい嘘を求めてはいない。

そんな彼女を愛しているのだからと覚悟を決めて、雅之は小さく頷いた。

「そのとおりだ。正直に言うと、プチブライダルは、最初からこうなることが予測されていた。企画に反対する古参社員が立ち上げ後もかなり横槍を入れていて、彼らの顔色を窺うスタッフの協力を得られにくいから」

「じゃあどうして、立ち上げを許可したんですか？」

瞼《まぶた》を上げた瞳に非難の色を浮かべて香奈恵が聞く。

その質問にも、雅之は嘘のない言葉を返した。

「兄はプチブライダルの着眼点を評価して期待もしていた。それと同時に、古参社員の言いなりになって、新しい意見を潰すつもりはないと意思表示するつもりもあったのだろう。そうした流れを社内に作っておかないと、今後入ってくる若手社員が自分の意見を言いにくい体制になってしまうから」

弄月荘は、もとは別の企業が経営していた。しかし立ち行かなくなり、先代の社長が買収する形でマシマの傘下に入った。その際、もともと弄月荘で働いていた社員をそのまま受け入れたことで、社内に派閥が生まれてしまった。

古参スタッフの中には、その当時の社員が残した「弄月荘のスタッフは、マシマ経営陣の言いなりにはならない」という風潮を未だに受け継ぐ者がいる。

そういった社員は新しい流れを嫌い、かつての弄月荘の格式に固執しているところがあった。兄としては、これからは弄月荘も時代の流れに合わせて変わるべきだと示す必要があったのだろう。

「……ただ、どんなに優れた企画でも、うまく時流の波に乗れないこともあるんだよ」

だからこれは香奈恵のせいではないと、雅之は香奈恵の手をポンポンと叩く。

しかし、自分を見上げる香奈恵の眉尻はますます悲しげに下がる。

「ということは、プチブライダルがこのまま廃止されれば、これから続く若手社員のやる気を削《そ》ぐことになるんじゃないですか？」

「……それは、香奈恵が責任を感じるところじゃない。今後、香奈恵のように企画を提案してくる者が現れたら、各々《おのおの》がかつての香奈恵のように努力するだろうし、その手助けをするのは兄の仕事だ」

香奈恵は諦めずに努力を続けてきたから、企画を実現することができたのだ。廃止というマイナス面に目を向けるのではなく、自分の成したことをもっと誇ってほしい。

「でも、私の努力が足りなかったせいで……」

「違う」

責任を感じて、自分の良さから目を背《そむ》けてほしくない。

まだまだ荒削りではあるが、手探りながら自分で自分の道を切り開いていく香奈恵の姿には、人の心を動かす力がある。

だからこそ、彼女に惹かれていったのだ。

どうすればその思いを彼女の心に届けることができるだろうかと、歯痒《はがゆ》い思いで言葉を探す。

「前にも言ったが、君の人生の全てを俺にくれないか。世界中の誰よりも君を幸せにすると誓うから」

雅之は祈るような気持ちで香奈恵の手を握り、ソファーを下りてその場に片膝を突いた。そして彼女の手の甲に口付けて続ける。

「努力が足りなかったと思うのなら、次に活かせばいい。その新たな挑戦の場所として、俺の海外赴任についてきてくれないか？」

縋《すが》るような思いで彼女を見上げると、香奈恵が返す。

「いつかホテルスタッフとして、海外で働きたいと思って努力してきました。将来的には、雅之さんと結婚したいと思っていますし……もちろん子供も」

「香奈恵」

彼女も自分と同じ気持ちでいることに、喜びが込み上げる。

そんな雅之に、香奈恵は「でも……」と続けた。

「それを、逃げるような形で手に入れたら、私は私を許せなくなります」

今にも泣きそうな顔でそう口にした香奈恵は、それでも瞳の奥に強い意思を感じさせる輝きを残している。

その輝きに、雅之は胸を鷲掴《わしづか》みにされたような痛みを覚えた。

自分は香奈恵にこんな顔をさせたかったわけではない。

真面目で責任感が強く、不器用な彼女の性格を理解していながら、安易に気持ちを切り替えるように自分の思いを告げた行動を悔いる。

後悔で肩を落とす雅之に、香奈恵が言う。

「マネージャーや雅之さんの言葉を素直に受け入れられないのは、私に自信がないせいです」

ごめんなさい……と、香奈恵は雅之の手を解いて立ち上がり、頭を下げた。

込み上げる焦燥感《しょうそうかん》から彼女を引き留めようと雅之が立ち上がった時、頭を下げる彼女の足元にポタリと水滴が落ちた。

それを見られないように、香奈恵は腕で乱暴に顔を拭って雅之に背を向ける。

「ごめんなさい。今日はこれで帰ります」

「香奈恵っ！」

そのまま部屋を出て行こうとする彼女の腕を掴んだ雅之に、香奈恵が震える声で告げる。

「今は一人にしてください」

気丈な彼女の見せた弱さに、胸が痛くなる。

泣き顔を見せないままペコリと頭を下げた香奈恵は、リビングのチェストの足元に置いたバッグを乱暴に持ち上げて肩に引っ掛けた。

その拍子に、チェストの上の封筒の束が床に散らばる。

「ごめんなさい」

慌てた様子で香奈恵が床にしゃがみ込み、散らばった封筒を拾い集めようとする。その手が、ピタリと止まった。

「香奈恵……」

その動きを不思議に思いつつソファーを回り込んで彼女に近付いた雅之は、床に落ちているものを確認してその足を止めた。

先ほど封筒に入れるのも面倒だと、無造作に放置した見合いの釣書が写真の見える状態で広がっている。

「それは……」

「なにも聞きたくないです」

香奈恵は雅之に視線を向けることなく、「ごめんなさい」と逃げるようにして部屋を出ていった。

5　これからのために

子供の頃から、人前で泣くのが苦手だった。

泣きたい時でも、それで相手を困らせてはいけないと理性が働き、つい我慢をしてしまう。その結果、過去の恋人には女としての可愛げがないと詰《なじ》られたこともある。

――あの時、泣いていたら、なにか変わっていたのかな？

普段の自分らしからぬことを考えてしまうのは、雅之の家を飛び出してから半月ほど経った今でも、二人の関係はぎこちないままだからだ。

そっとため息を漏らすと、帰りがけに見てしまった見合い写真が脳裏をよぎる。

あの日、感情のまま素直に泣いて雅之に縋《すが》っていたら、これほど苦しくなかったのだろうか。

チラリと目にしただけなので確信は持てないが、写真に写っていた華やかな女性は、いつだったか弄月荘で雅之に親しげに話しかけてきた女性のように思う。

だとすれば、雅之の祖父と親密な関係にあり、家柄としても申し分ない相手だろう。

もちろん彼が見合いを望んでいるなんて思ってはいないが、それでも見合い写真の美しい女性の顔を思い出すと、胃の底にざらりとした感情が湧き上がるのを抑えられない。

「堀江さん、今日休みなんですね」

事務所のホワイトボードの前に立ってぼんやりしていた香奈恵は、その声に背後を振り返った。目が合うと、晶子は不満げに息を吐いて腕を伸ばす。

「最近、ヘルプに出されることもあるし、勤務のすれ違いが多いですよね」

「そうだね」

夏季休暇が終わった頃から、雅之は、人手不足を理由にホテルのフロントスタッフとして勤務することが増えている。

表向きは、ブライダル部門の部長がホテル部門のフロアマネージャーから語学堪能なスタッフを貸してほしいと頼まれ、こちらの人員に余裕がある間だけ雅之をヘルプに出しているという形を取っている。だが実際は、祐一マネージャーの補佐役を務めるためだ。

「せっかく一緒の職場なのに、寂しいですよねぇ」

ホワイトボードの自分の予定を消した晶子が、同意を求めるようにこちらを見てくる。

真嶋家の内情を話してもらえる程度には雅之と連絡を取り合っているが、この半月はメッセージアプリを使ったやり取りが主で、会うことも電話で話すこともない。

真嶋家の御曹司である雅之には、異動を待たずに任される仕事も多いようで忙しく、香奈恵も日々の業務に追われている。お互いに忙しさを理由に、あれからきちんと話をしないまま今に至っていた。

こんなふうにすれ違った状態で雅之が海外赴任となれば、もしかすると自然消滅という未来もあるかもしれない……

もちろんそれは、香奈恵が望む未来ではなかった。

これではいけないとわかっていても、あれこれ考えてしまう性格が邪魔をして、自分から行動を起こすことができないでいた。

ため息をついた香奈恵は、ホワイトボードの自分の欄《らん》に「チャペル」と書かれたマグネットを貼り、「青葉《あおば》様・岡部《おかべ》様見学」と書き込んだ。

このカップルは、家族の希望もあり、弄月荘で式を挙げるなら……と当初は神前式を希望していた。だが打ち合わせを進めていくうちに、新婦の岡部がチャペルに興味を持ったため、空《あ》いた時間に見学することになったのだ。

どうやら岡部様は、ネットの情報や知人の話を聞くうちに色々と迷いが生じているようなので、神前式以外に人前式の見学も視野に入れておいた方がいいかもしれない。

香奈恵が他の会場の利用状況を確認していると、ふと右腕に重みを感じた。

「……なに？」

視線を向けると、いつの間にか晶子が右腕にぶら下がっている。

なにを遊んでいるのだと呆れた視線を向けると、晶子が上目遣いにこちらを見上げて言う。

「チーフ、合コンに行きましょう！」

唐突になにを言い出すのか……また急な欠員でも出たのだろうか？

「行かないわよ」

晶子の手を軽くペチペチと叩きながら告げる。

そこでふと、大事なことを思い出した。

「合コンは行かないけど、西村さんとは一度ゆっくり話がしたいかな」

プチブライダルが廃止になった場合の晶子の異動先の希望を確認するよう、祐一マネージャーに言われていたのを思い出す。

「それって、チーフが、堀江さんがいなくて寂しいってことですか？　やっぱり合コンに行きましょうよ」

何故そうなる……

「合コンじゃ、ゆっくり話せないでしょ。とにかく、西村さんの都合に合わせるから、都合のいい日を教えて」

「じゃあ、今日でいいですよ。寂しいなら、付き合ってあげます」

若干の会話の食い違いを感じつつ、今日の仕事終わりに二人で食事に行く約束をして、香奈恵は事務所を後にした。

カチャッと金属が擦れる微かな音と共に重厚な木製の扉を押し開けると、背後に立つ二人が

「わぁっ」と感嘆の声を上げた。

香奈恵は、二人の視界を妨《さまた》げないように扉の影に身を隠すようにして頭を下げる。

祭壇まで長く伸びる白い大理石の通路の両脇には、シンプルなデザインながら丁寧な職人技が光る木製のベンチが並んでいる。

祭壇の奥には、床から天井まで伸びる一枚ガラスの大きな窓があり、そこからは豊かな緑が十月の陽光に煌《きら》めいている。

肌を刺すような夏とは異なる柔らかな日差しが祭壇や床に降り注《そそ》ぎ、チャペル全体を優しい輝きで満たしていた。

「素敵」

そう声を零したのは、新婦の岡部だ。

彼女は引き寄せられるようにチャペルの中に足を進め、通路の中ほどでこちらを振り返る。

軽やかな動きで踵《きびす》を返すと、彼女のワンピースの裾《すそ》がふわりと舞った。彼女の目は、今日の日差しのようにキラキラと輝いている。

その眼差しを受け止め、新郎の青葉は目尻に小さな皺《しわ》を刻んだ。

「こっちにする？」

自分が求めている言葉を新郎から引き出した岡部は、何故か難しい表情を作って人差し指を頬に添えた。

「パパがなんて言うかな？」

今回の式で、新婦の父親が特に強く神前式を希望していた。それは新婦の両親が、かつて弄月荘で神前結婚をした経緯があるからだ。

結婚後も、三人の子供たちのお食《く》い初《ぞ》めから成人式まで、節目の祝い事の全てを弄月荘で行ってきた。そのため弄月荘に対する新婦の父親の思い入れは強く、最初に嫁に出す愛娘《まなむすめ》には是非とも自分たちと同じ神前結婚をしてほしいと希望しているそうだ。

「僕が慣れない着物は恥ずかしいって、言い出したことにすればいいよ」

それで新婦の希望を叶えられるなら安いものだと、彼女に歩み寄りつつ新郎が悪者役を買って出る。

それに一瞬表情を輝かせた新婦だが、「でも……」と彼を悪者にすることに躊躇《ためら》いを見せた。

「たとえばですが、こちらの式場で神前式を挙げられるのはいかがでしょう？　ドレスはその後の披露宴《ひろうえん》でお召しになることですし、こちらで神前式を挙げ、ご家族様との記念写真を、岡部様のご両親が式を挙げられた際と同じ日本庭園を背景に撮影されるのはいかがでしょうか？」

互いを思いやる二人のやり取りを微笑ましく思いながら、香奈恵はそうアドバイスをした。それならば、弄月荘での神前式を望んでいる新婦の父親の願いも叶えられる。

香奈恵の提案に、二人が目配せをして笑い合った。

そのまま仲良く手を繋いで祭壇まで歩み寄り、窓から見える景色を確認する。

戸口の側に控える香奈恵は、幸福のお裾《すそ》分けをもらっているような気分で、仲睦まじい二人の姿を見守った。

チャペル内の見学を終え、今度は当日の食事の打ち合わせをするため、香奈恵は二人を本館に案内する。天気がいいのでテラスを通って行きたいという新婦の希望に従い、少し遠回りする形で本館へ向かう。

「今日は人が多いわね」

周囲に視線を向けて新婦の岡部が呟くと、手を繋いで歩く新郎の青葉が「天気がいいからね」と返す。

日本庭園は一般公開されているため、レストランの利用客や宿泊客だけでなく、散策がてら訪れる人もいる。

「確かに、今日はいつもより人が多いですね」

周囲に視線を向けて香奈恵がそう言った時、岡部様が「あれ」と呟いて動きを止めた。

彼女の動きにつられて足を止めると、岡部がラウンジの窓ガラスの向こうへ目を凝《こ》らしている。

どうしたのだろうかと彼女の視線を辿《たど》ると、ラウンジの二人掛けのテーブルに座る和服姿の女性が目に入った。

華やかな花紋様を散りばめた着物は、加賀友禅《かがゆうぜん》だろうか。

遠目にもかなりの品であることがわかる振袖《ふりそで》は、着る人によっては着物に負けてしまいそうなほど華やかな品だ。だがその女性は、見事にそれを着こなしている。

「伊島さんだわ」

見事な着こなしに見惚れていると、岡部がそう呟いた。

「お知り合いの方ですか？」

「うん。学校が一緒だったから」

岡部は、お嬢様学校で知られる小学校から大学まで一貫教育の私学に通っていた。ということは、加賀友禅の彼女も良家のお嬢様ということだろう。

あの見事な着物を堂々と着こなせるはずだと納得していると、岡部が伊島は大手ゼネコン会社社長の孫娘だと教えてくれた。

「挨拶《あいさつ》していく？」

そう問いかける青葉に、岡部は首を横に振って可愛く肩をすくめる。

「ううん。私、あの人、ちょっと苦手だったから」

そう言って歩みを再開しながら「伊島さんも、結婚するのかな」と何気なしに呟いた。

振袖《ふりそで》姿で座る彼女は、確かにお見合いか結納といってもおかしくない装《よそお》いだ。それならば近いうちにブライダル部門を訪れてくれるかもしれない。

その時に備えて顔を覚えておこうと、伊島へ視線を戻した香奈恵は息を呑んだ。

「――っ！」

伊島は艶《あで》やかな笑みを浮かべて、ラウンジに現れたスーツ姿の背の高い男性に合図を送る。

その合図に応じるように彼女の向かいに腰を下ろした男性は、雅之だった。

休みのはずの彼が、どうしてここに？

そう思った直後、利用客として弄月荘を訪れているのだと理解する。

そして彼の正面に座る女性が、あの日、雅之の家で目にした見合い写真の相手であることに気付いた。

眼鏡を外し、スッキリとしたデザインのスーツをそつなく着こなした雅之は、香奈恵が見守る先で相手になにかしら話しかけている。

雅之の言葉に、伊島は口元を手で覆《おお》ってたおやかに笑う。

まさに理想的な美男美女のカップルである二人のやり取りに、心臓を鷲掴《わしづか》みにされたような痛みを感じた。

その痛みをやり過ごそうと胸を押さえ、ブラウスをクシャリと握り締める。

そんな香奈恵の気配に、歩き出した岡部が振り返った。

「千羽さん、どうかしました？」

「いえ……ちょっと、日差しが眩《まぶ》しくて」

ブラウスを握り締めていた手を咄嗟《とっさ》に額に移動させて、その場に縫い付けられたように重たく感じる足をなんとか動かして歩を再開させる。

どうにか気持ちを立て直しても、目はつい、ガラス窓の向こうへ向いてしまう。

その時、何気ない様子でこちらに視線を向けた雅之と視線が重なった。

香奈恵の存在に気付いた雅之が表情を強張《こわば》らせると、伊島も何事かといった感じでこちらに顔を向けた。

そして戸惑いを隠せない香奈恵の顔を見ると、真紅の紅に彩《いろど》られた唇をニッと持ち上げ、雅之の方へ体を寄せた。傲慢《ごうまん》さを隠さないその表情に、以前、仕事中の雅之に親しげに話しかけてきた伊島の姿を思い出す。

二人の関係を見せつけるような彼女の仕草に、雅之は何故か香奈恵より傷付いた顔をしている。

そんな彼の顔は見たくなくて、香奈恵は無理やり彼から顔を背《そむ》けた。

◇ ◇ ◇

その日の仕事終わり、帰り支度を済ませた香奈恵は、弄月荘の庭でスマホを確認していた。

シフトの関係で、一時間ほど晶子を待つ必要がある。どこかの店に入って時間を潰してもよかったが、せっかく天気がいいので庭を散策して彼女を待つことにした。

晶子にもそのことは伝えてあるので、仕事が終われば連絡をくれるだろう。

完全に太陽が沈んでも、空の裾《すそ》の方はまだ夕日の名残《なごり》で朱《あか》く染まっているし、ライトアップされた庭は思ったより明るい。

そんな中、秋の虫の音を聞いているのはなかなかに風情《ふぜい》がある。

とはいっても、今の香奈恵にその風情《ふぜい》を楽しむ心の余裕はなかった。

——さっきのこと、会って説明したい。

スマホの画面に視線を向けた香奈恵は、雅之から届いたメッセージを読み返す。

そのメッセージには、今日は知り合いと食事に行くから無理だと先ほど返事をしていた。

食事に行く相手が晶子だと伝えなかったのは、彼女から情報が漏れたことで過去に合コン場所まで迎えに来られたことがあるからだ。

雅之からは、「何時でもいいから、食事が終わったら連絡してほしい」とメッセージが返ってきた。それを既読スルーしていると、「何時に終わっても、どこにいても迎えに行く」とメッセージが届く。

庭園に設置されている椅子に腰掛け、彼の言葉になんて返そうかと考えていると、ふと自分の前に誰かが立つ気配を感じた。

「早かったね……」

てっきり晶子が来たのかと思って顔を上げたら、見ず知らずの女性が腕組みをして自分を見下ろしていて驚く。

「探したわ。……アナタ、何様のつもり？」

誰？　と問いかけるより先に、目の前の女性に睨《にら》みつけられた。顎《あご》を軽く持ち上げ、苛立った口調で問い質《ただ》してくる女性は、纏《まと》う空気の端々に傲慢《ごうまん》さが滲《にじ》み出ている。

「失礼いたしました」

勤務時間外ではあるが、弄月荘の敷地内にいるということもあり、即座に頭が仕事モードに切り替わる。

探したということは、この女性は自分に用があるのだ。

そして威圧的な彼女の空気から察するに、その用件はクレームだろう。

立ち上がった香奈恵は、丁寧に頭を下げる。

そして再び頭を上げると、女性は嘲《あざけ》るような笑みを浮かべていた。そんな彼女の耳へ視線を向けたことで、香奈恵は彼女が誰なのか理解した。

――雅之さんのお見合い相手だ……。

どこかで着替えたのか、彼女は着物から白っぽいスーツ姿に変わっていた。それに合わせた髪型や装飾品のせいで昼間と印象が違うが間違いないだろう。

それにこの距離で耳の形を確認したことで、目の前の女性が、以前、仕事中に雅之に話しかけてきた女性と同一人物であると確信する。

香奈恵が記憶を辿《たど》っている間に、伊島は体を半回転させて、香奈恵が座っていたベンチに腰を下ろした。

そして乱れて顔に掛かる髪を乱暴な手つきで掻き上げ、香奈恵を見上げて聞く。

「アナタ、今、お給料幾らもらってるの？」

「はい……？」

不躾《ぶしつけ》な質問に目を瞬《またた》かせると、伊島は虫を払うように手をヒラヒラさせて言う。

「まあ、幾らでもいいわ。その三倍のお金をあげるから、マシマを辞めてくれない？」

唐突な言葉に思考が追いつかない。

キョトンとする香奈恵に、組んだ膝の上で伊島は頬杖を突く。

「アナタの存在が邪魔なの。だから、私の視界から消えてほしいのよ」

どこまでも傲慢《ごうまん》な様子で、伊島は冷めた眼差しを向けてくる。そこに禍々《まがまが》しいほどの憎しみを感じた。

彼女がほぼ初対面の香奈恵にこんな態度を取るのは、おそらく雅之が関係しているからだろう。

人気《ひとけ》のない場所で敵意を露《あら》わにした相手と対峙し、うっすらとした恐怖が肌を包む。

さっきまで心地よく感じていた宵闇《よいやみ》の空や虫の音が、急に不安感を煽《あお》ってきた。

色々言いたいことはあるが、弄月荘の従業員として、どう対応するのが正解だろうか……香奈恵が忙《せわ》しなく思考を巡《めぐ》らせていると、遠くで誰かに呼ばれたような気がした。

その声に香奈恵だけでなく、伊島も目の動きで周囲を確認する。

するとさっきよりハッキリと声が聞こえてきた。

そちらへ視線を向けると、遠くに晶子の姿が見えた。

「チーフ、お待たせしました」

遠くから手をブンブン振る晶子は、こちらのピリついた空気を察することなく、ご機嫌な様子で駆けてくる。

パンプスの踵《かかと》を鳴らして慌ただしく駆けてくる彼女が転ぶのではないかと冷や冷やしてしまうが、晶子はそのままの勢いで走ってきて二人の前で足を止めた。

そして香奈恵の腕を掴むと、グイッと引っ張る。

「早く行きましょう。お店の予約に間に合わなくなっちゃいますよ」

「え……ちょっ……」

食事の約束はしているが、店を予約した覚えなどない。

香奈恵を急《せ》かす晶子は、伊島にチラリと視線を向けると、「すみません、他のスタッフがすぐに来ますので」と愛想良く声をかける。

その言葉に、伊島の顔が微かに歪《ゆが》む。

「今日はもういいわ」

突然現れた晶子の存在に気分が削がれたと、伊島は嫌そうに息を吐いて立ち上がる。

それでも去り際に、香奈恵に敵意のある眼差しを向けて「これで終わりじゃないから」と牽制《けんせい》するのを忘れなかった。

立ち去る伊島を、晶子はブンブンと手を振って見送る。

しかし伊島が遠ざかると、その背中にベーと舌を出した。

「遠目から、チーフが面倒くさそうなお客さんに絡まれてる感じがしたから、空気読まないことにしました。……あ、でも、後でクレーム来るかな」

絡めていた腕を解いた晶子は、悪びれる様子もなく続ける。

「クレームが来たら、一緒に怒られてくださいね」

「もし来たら、私が怒られておくわ」

唐突な流れで思考が置いてきぼりになっていたが、どうやら晶子に助けられたらしい。

なにかあっても気にしなくていいと晶子に告げると、盛大に呆れられてしまった。

「そうやって一人で責任を取りたがるの、チーフの悪い癖ですよ。チーフ真面目だから知らないかもしれないですけど、先生に怒られる時とかは、複数人でいる方がいいんです。先生も人間だから、一度に複数人を相手にすると体力を消耗して疲れるから、一人一人へのお説教は短くなるんですよ」

学生時代、手のかかる子だったことを滲《にじ》ませつつ、晶子は得意げに付け足す。

「ついでに言うと、悪いことをする時は、先生が怒りにくい人を巻き込んでおくのも手です。この場合、真面目なチーフが一緒に怒られてくれれば、私へのお説教は軽く済みます」

彼女らしい処世術に、さっきまでの緊張がほぐれていく。

そしてふと、彼女が最初に口にした言葉が気にかかった。

「一人で責任を取りたがる……」

心に引っかかった言葉をそのままなぞると、晶子がチラリとこちらを見た。

「だってチーフ、私が仕事頑張ると、ちゃんと評価してくれるけど、クレームとか問題があった時とかは、全部一人でどうにかしようとするじゃないですか」

確かにそうだ。もちろん後で注意と指導はするが、ミスをしたのは自分の教え方が悪かったせいだからと、謝罪は香奈恵一人で済ませることが多い。

「そういうの楽だけど、ミスした方としては罪悪感が残りますよ。なんだか、ズルしてるみたいで居心地が悪くなるし」

「ごめん」

晶子の思いがけない言葉に落ち込む香奈恵を、晶子は腰を屈《かが》めて上目遣いで見上げる。

「チーフは、良いことも悪いことも、もっとフェアでいいと思います。そうしないと、そのうち身動きが取れないくらい、心が痛くなっちゃいますから」

歌うような口調でこちらを諭す晶子は、背筋を伸ばして前を向くと、この後なにを食べに行くかの相談を始める。

といっても、基本、自分第一主義なので、彼女が食べたいものだけを提案してくるのだけど。

でも今は、そんな彼女の自分本位さを心地よく思う。

そういえば、以前雅之にも、一人で仕事を抱え込む性格を直さないといつか立ち行かなくなるといったアドバイスを受けたことを思い出した。

同じようなことを部下の二人に言われたことで、その言葉が香奈恵の心に深く染みていく。

「……」

考え込む香奈恵の横顔を窺い、晶子が言葉を足す。

「まあ、そういうキャラだから、堀江さんもあれこれフォローしちゃうんでしょうね。そういう意味では、その性格もアリですよ」

その言葉から察するに、香奈恵の知らないところでも、雅之は色々とフォローしてくれていたのだろう。

誰かに迷惑をかけるのが嫌で、なるべく自分で問題を解決しているつもりでいたが、そんなことはなかったのだ。

きっと雅之は、二人がこうして付き合っていなくても、プチブライダルにいる間は陰から香奈恵を支えてくれたに違いない。

「……そうか」

なんだか急に雅之に会いたくなった。

この心境の変化は、香奈恵なりの答えが出せた証拠なのだろう。

晶子の希望で、他のスタッフに美味《おい》しいとお勧めされた和風ダイニングに行くことにした。

ちょうどカウンター席に空《あ》きがあったので、二人並んで腰を下ろし、飲み物と食事を注文する。

晶子は、伊島のことを本当に面倒な客に絡まれただけと思っているのか、特にその話題に触れることなく、飲み物を待つ間は最近買った化粧品の使い心地について話している。

彼女の話に耳を傾けつつ、雅之にメッセージを返しそびれていることを思い出した。

とりあえず伊島のことはまだ話さないにしても、このまま既読スルーしているのもよくないだろう。

でもなにをどう返せばいいのかわからず、無言のまま画面を眺めていると、カウンターの向こうから飲み物が差し出された。

「お待たせしました」

スマホを伏せて置いた香奈恵は、それを両手で受け取る。

スマホが手を離れたことでいったん思考を手放して、隣に座る晶子と形式的な乾杯をして、グラスを傾けた。

これから真面目な話をするつもりの香奈恵が頼んだのは、ノンアルコールのカクテルである。

「美味《おい》しいですね」

香奈恵とは違い、梅酒のソーダ割りを頼んだ晶子が声を弾ませる。

ご機嫌な様子の彼女に水を差すのは申し訳ないと思いつつ、香奈恵は口を開いた。

「ごめん、どのタイミングで切り出すのが正解かわからないから、単刀直入に言わせてもらうんだけど……」

そう前置きして話し出そうとする香奈恵に、晶子が訳知り顔で頷いた。

「わかってます。堀江さんと、喧嘩して困ってるんですよね？」

「へ？」

思いがけない言葉に、思わず間の抜けた声を漏らしてしまう。

そんな香奈恵の表情を横目で窺いながら、梅酒をもう一口飲んだ晶子が言う。

「チーフと堀江さん、付き合ってるのに、チーフは最近、堀江さんのこと避けてるし、堀江さんもヘルプに出ること多いから、気になっていたんですよ」

訳知り顔で話す晶子は、ちょうど出されただし巻き卵を受け取る。

「恋愛の先輩として、いいこと教えてあげます。そういう時は、相手に真剣に向き合うより、合コンにでも参加して気分転換をした方がいいですよ」

二人の間にだし巻き卵の皿を置いた晶子の言葉に、昼間の彼女の言動が思い出される。

香奈恵の腕にぶら下がって合コンに誘ってきた晶子が口にした「寂しいですよね」という言葉は、香奈恵の気持ちを代弁してのことだったらしい。

「えっと……ごめん」

憧れ――ついでに言えば彼女にも恋人はいるが――とはいえ、晶子はわかりやすく雅之を狙っていた。

そんな晶子を出し抜いた形になったことに罪悪感を覚えるのは、彼女の優しさに触れたからだろう。

「堀江さん、カッコいいしお金持ちだし優しいいし、私も狙ってたんですけどね」

晶子は、唇を尖らせて拗《す》ねる。

やっぱり雅之の素性を理解した上で迫っていたらしい。

それでも計算高さを感じさせないのは、末っ子気質のなせる業《わざ》だろうか。

年下の子の大事なものを取り上げてしまったような気まずさから、香奈恵は無言でグラスの水滴を指で拭う。

そんな香奈恵に、晶子はあっけらかんとした口調で続けた。

「でも別にいいですよ。私は他の王子様を探しますから」

「え……」

申し訳なさを感じていた香奈恵が目をぱちくりさせると、晶子も不思議そうに瞬《まばた》きをする。

「だって私は、自分が不幸になるのは絶対に嫌だけど、他人の不幸を願っているわけじゃないですし。チーフと堀江さんのことは、部下として心配していたから許してあげます。誰が誰を好きになるかなんて、本人にだってわからないことなんですから」

誰が誰を好きになるかなんて、本人にだってわからない――それは、まったくの真理だ。恋をする予定などなかったのに、気が付けばどうしようもなく彼を愛している。

「……ありがとう」

香奈恵は、肩の力を抜いてお礼を言った。

なんに対する感謝なのかと問われれば、おそらく晶子の存在そのものへの感謝だろう。

「なに笑ってんですか？」

刺身の盛り合わせを受け取る香奈恵に、晶子は気持ち悪いと顔を顰《しか》めて箸《はし》を手に取る。そして、当然のように香奈恵が醤油皿を準備するのを待つ。

「なんでもない。なんていうか、西村さんが部下でよかったなって思っただけ」

自分と晶子、二人分の取り皿を並べたついでに醤油を入れてあげると、晶子は小さく手を合わせて刺身を食べた。

「つまり、チーフの話って、堀江さんとの仲直りに協力してほしいってことですか？」

カツオの刺身を生姜《しょうが》醤油で食べた晶子が言う。

その言葉に本来の目的を思い出す。

「違うの。実は、今年度いっぱいでプチブライダルが廃止になる可能性があるの。もしそうなった場合、異動先の希望があれば聞いておきたくて。……どこまで希望を通してあげられるかわからないけど、できる限りの努力はするから」

思い入れのある企画が廃止になるのは、もちろん悔しい。

でもチーフとして、先輩として、今後の晶子が困らないように、きちんとした道を作ってあげたいと思う。

そのために、自分になにができるだろうかと考える香奈恵に、晶子は刺身をもう一切れ食べてから返す。

「私、仕事にこだわりのない主義なので、異動先はどこでもいいですよ。仕事も恋愛も、本気になりすぎると転んだ時に痛いから、のめり込まないようにしてるんです」

「あ……そう……」

晶子の言葉に、不思議と目から鱗《うろこ》が落ちる。

全てにおいて全力で取り組んで、あれこれ抱え込んで身動きが取れなくなってしまう香奈恵とは真逆の考え方だ。

以前の自分なら不真面目だと呆れそうだが、自然と笑いが溢《あふ》れる。今は、自分と違う価値観を知るのが楽しくて仕方ない。

それは言うまでもなく、雅之を通して人と心を交わす楽しさを学んだからだ。

「仕事でも恋愛でも、一つだけに執着しちゃ駄目ですよ」

だから雅之と別れる別れないは別として、また一緒に合コンに行きましょうと香奈恵を誘い、晶子はだし巻き卵を箸《はし》で突く。

晶子は前にも「チーフは仕事に肩入れしすぎている」と、香奈恵を合コンに連れ出したことがあった。

確かに今のこの状況は、彼女の言う「仕事で転んだ時」なのだろう。

プチブライダルへの思い入れが強かった分、確かに痛い。でも……

「西村さん、なんだかんだ言って優しいね」

合コンの誘いを丁重に断り、香奈恵も箸《はし》を動かす。

「自分が優しくしてもらった分の何割かくらいは、優しくしますよ」

晶子はこちらの配分を気にすることなく、大根おろしを使ってだし巻き卵をパクパク食べる。

そんな彼女の気遣いに、なんだかこれまでの努力が認められた気分になった。

——一人では解決できないくらい困った状況まで追い込まないと……

ふと、いつぞやの雅之の言葉を思い出す。

とことん困らされたおかげで、彼への思いを認めることができたのと同じように、部署の解散を目前にして晶子の優しさに気付くことができた。

きっとこの躓《つまづ》きは無駄じゃない。

「西村さんの考え方、私は嫌いじゃないよ」

「それ、遠回しな嫌味ですか？」

「まさか」

香奈恵は肩をすくめて笑う。

それは本心からの言葉である。

自分の価値観に忠実な晶子は、きっとこの先、どこに異動しようが誰と結婚しようが、幸せに生きるだろう。

そんな彼女の生き方を小気味よく思うけど、羨《うらや》ましいとは思わない。

それはたぶん、不器用な生き方をした末にしか手に入らない幸せがあることを知っているからだ。

「西村さんなら、どこへ行っても大丈夫そうで安心した」

そう言って香奈恵がだし巻き卵を食べると、晶子は嬉しそうに目を細めて梅酒を飲む。そしてグラスをカウンターに戻すついでといった感じで呟いた。

「異動先……特に希望はないですけど、もう少しチーフたちと一緒に仕事ができたらよかったなとは思います」

その言葉は、香奈恵にとってなによりのエールである。

リスクヘッジのために、何事にも深入りしないはずの晶子が漏らした言葉が、勇気付けてくれる。

そして上司として、彼女の希望に応《こた》えられる自分でありたいと思った。

「ありがとう。だったら私、もう少しだけ悪足掻《あが》きしてみようかな」

そう言葉にして香奈恵は深く息を吐く。一度気持ちを落ち着けてから、言葉を続けた。

「だから、西村さんにも手を貸してほしいの」

自分が気軽に頼ることで、他の人の負担が増えては申し訳ない、部下に迷惑をかけてはいけないと、これまでずっと一人で色々背負い込んでいた。

だけど彼女は、一緒に仕事をする仲間なのだ。少しくらい頼ってもいいかもしれない。

人に頼るのが苦手な香奈恵が、一世一代の覚悟をもって口にした言葉。それを、晶子はこれまたあっさりした調子で「いいですよ」と返した。

そして新しい飲み物を注文して、そのついでといった感じで香奈恵にも注文を聞いてくる。

「そのかわり、ちゃんと堀江さんと仲直りしてくださいね」

ツンと唇を尖らせて先輩ぶる晶子に、香奈恵は「うん」と頷いた。

色々なことがいっぺんに起きて、未だに消化しきれない思いはあるけれど、それを自分一人で抱える必要はないのだと今ならわかる。

今まで陰ながら支えてきてくれた彼と、これからは喜びも苦しみも全てわかち合っていきたい。

うん。と一人納得して頷いた香奈恵は、その直後に大事なことを思い出した。

「あ、でも……堀江さんは、ずっと一緒に仕事をするのは難しいかも」

その言葉だけで、晶子はなにかを理解したようだ。

受け取った新しいグラスに口をつけて、少し考えてから頷く。

「まあ、しょうがないですよね。じゃあ、私が頑張ってあげますよ」

「ありがとう。頼りにしてる」

その言葉に、香奈恵はくすぐったい気分でお礼を言った。

◇　◇　◇

食事を楽しみながら晶子と今後のプチブライダルの方向性について話し合った香奈恵は、駅で彼女と別れ、その足でロータリーへ向かった。

午後十時近くのロータリーはまだ人が多く、送迎の車が停車と発車を繰り返している。

そんな人混みの中、目ざとく香奈恵を見つけた雅之の車が、ヘッドライトを明滅させてこちらに合図を送ってきた。

忙《せわ》しなく入れ替わっていく車の中で一際存在感のある車に歩み寄ると、運転席から雅之が姿を現す。

「連絡ありがとう」

助手席のドアを開けながら、雅之が心底ホッとしたような微笑みを浮かべる。

そんな彼の表情を見ると、自分の中で渦巻く感情を無理して一人で抱える必要はなかったのだと、今さらながらに理解する。

「迎えに来てくれて、ありがとうございます」

お礼を言って車に乗り込んだ香奈恵は、彼が運転席のシートに投げ出した仕事用のタブレットに気付いて眉尻を下げる。

「わざわざ迎えに来てくれなくても、私から会いに行ったのに」

忙しい彼の手を煩《わずら》わせてしまったと申し訳なくなる香奈恵に、運転席に乗り込んできた雅之が嬉しそうに話す。

「俺にはまだ、香奈恵を迎えにこられる権利があるって、安心したかったんだよ」

そう話す彼の目を見れば、その言葉に嘘がないのだとわかる。

晶子と食事をしている途中で、食事が終わった後に会いたいと雅之にメッセージを送ったところ、すぐに何時でも迎えに行くとメッセージが届いた。

そんな彼の申し出に素直に甘えることにしたのは、香奈恵が一秒でも早く雅之に会いたいと思ったからだ。

「連絡、ありがとう」

その言葉に香奈恵は首を横に振る。

「私が、雅之さんに会いたかったんです」

香奈恵は、触れていいか悩んで微妙な位置で止まっている雅之の手を引き寄せ、自分の頬に添える。

「誤解のないように言っておくけど、今日の件は……」

昼間見た光景について説明しようとする雅之の言葉を、香奈恵は首を横に振ることで遮《さえぎ》る。

「雅之さんが進んでお見合いをするとは思ってません。それに、私も雅之さんの人生を支配したいわけじゃない。だからもし雅之さんがお見合いをしたのなら、私はそのお見合い相手に負けないように努力するだけです」

それは以前、香奈恵が合コンに参加した際、雅之が口にした台詞《せりふ》である。

雅之もすぐにそのことに気付いたらしく、懐《なつ》かしそうに目を細めた。

「俺にとって香奈恵以上の女性なんて、どこにもいないよ」

彼のその言葉は嬉しい。だけど……

「でも、愉快なものではないというのも確かです」

香奈恵が本音を口にすると、雅之は目尻に皺《しわ》を寄せて「ごめん」と謝る。

申し訳なさより喜びが先に出ているその横顔に、香奈恵はやれやれとため息を吐いた。

「残りの話は、ウチでしようか」

そう言って車を発進させた雅之は、彼の家へと向かう道すがら、今日のあれは騙《だま》し討ちの見合いだったと香奈恵に話した。

雅之としては、見合い写真を送り返してきちんと断ったつもりでいたのだという。それなのに今日、祖父である堀江元大臣に食事を口実に呼び出されたところ、伊島との見合いがセッティングされていたらしい。

伊島の祖父は、堀江元大臣の後援会を取り仕切っていて、引退後も政界への影響力を保ちたいと願っている元大臣としては、蔑《ないがし》ろにできない存在だとか。

雅之としても、相手が弄月荘の常連客な上、場所が場所なだけに無下《むげ》にもできず、食事とお茶の相手をせざるを得なかったそうだ。

雅之の人柄を理解している香奈恵としては、おおよそ想像どおりの話だったが、それでも雅之の口からハッキリと「断った」と聞かされて安堵する。きっと雅之に断られたことで、伊島はあんな行動に出たのだろう。

「嫌な思いをさせて悪かった。もともとするつもりはなかったけど、もう二度と見合いはしない」

彼のその言葉に安堵するのは、彼を愛するが故の気持ちの狭さだ。

「私も、もう二度と合コンには行きません」

香奈恵の言葉に雅之が頷く。

「束縛するつもりはないけど、そうしてもらえると嬉しい」

その表情を見れば、雅之も自分と同じ気持ちなのだと察せられた。

束縛されているわけではなく、自然とそう思えるのは、彼を不安にしてまで求める出会いがないからだ。

自分たちはそうやって互いを思いやり、慈《いつく》しむためのルールを作っていくのだろう。

誰かを愛して、その人と生きるというのは、互いの価値観を共有することなのだ。

暗い窓の外に視線を向けると、穏やかな表情で車を運転する雅之の横顔が見える。

その輪郭をなぞるように窓ガラスをそっと撫で、香奈恵は微笑んだ。

雅之の家を訪れた香奈恵は、まずは先ほどの晶子との会話を報告した。

「もしかして……これって別れ話？」

聞き役に徹していた雅之は、話の締めくくりにそう問いかけてくる。

けれど、香奈恵の手を取って頬に口付けてくるその表情を見れば、それが彼なりの冗談なのだと理解できた。

「バカですか？」

互いを包み込む空気感で、そんな不安を抱《いだ》く必要はないとわかっているはずだ。

これが別れ話でないことを承知の上で、香奈恵の口から否定の言葉を引き出そうとする雅之の甘えを愛おしく思う。

香奈恵がくすくす笑いながらそう返すと、雅之も満足した様子で笑う。

「香奈恵のことに関しては、俺はどこまでもバカになれるよ」

誇らしげに話す彼の頬に、今度は香奈恵が口付けた。

「愛してくれてありがとうございます。……それに今さらですけど、ずっと支えてくれてありがとうございます」

チーフとして、自分が責任を持って頑張らなくてはいけないと必死になりすぎて、ちっとも周りが見えていなかった。

躓《つまず》いて痛い思いをしたことで、そのことに気付けたと話す。

香奈恵の首筋に顔を埋《うず》めながら話を聞いていた雅之は、くすぐったそうに笑う。

「俺としては、もっと君に頼ってもらいたいよ。……前にも話したけど、依存するくらい頼られて、俺なしでは生きていけないと思ってもらえるのが理想だ」

そんな彼の頭に口付けを返して、香奈恵は自分の考えを口にする。

「私は頼るだけの存在じゃなく、雅之さんと長い人生を一緒に生きていくために、対等な存在になりたいんです」

肌に触れる彼の息遣いを心地よく思いながら、香奈恵は自分の覚悟を言葉にしていく。

「プチブライダルの廃止が決まっているとしても、もう少しだけ足掻《あが》きたいと思います。後に続く人たちのためにも、駄目だと言われたら素直に諦める……そんな前例を残したくない。最後までできる限りの努力をしたいんです」

意思の強さを感じさせる香奈恵の言葉に、雅之が頷く。

「俺も協力するよ」

心強い申し出ではあるが、香奈恵は首を横に振る。

「雅之さんには十分に支えてもらいました。一人で頑張らなくていいって、今はちゃんと理解できています。だから雅之さんは、本来の立場に戻って、マネージャーを支えていくことに専念してください。少し時間がかかるかもしれませんけど、ちゃんと自分の足で歩いて、雅之さんのいる場所に追いつきますから」

正直に言えば、海外勤務の願いを叶えるために、それ相応の努力をしてきた自負はある。

それなのに祐一マネージャーの提案を素直に喜べなかったのは、自分自身の気持ちの問題だ。

この状況で全てを投げ出すようにして彼についていけば、自分を許せず、ずっと後ろめたい思いを抱いていくことになる。

そんな自分が、彼と対等な関係など築けるわけがない。

胸を張って彼の隣にいるために、海外赴任の辞令を実力で勝ち取れるくらいにならなくちゃいけない。

覚悟を決めて闘志に燃えた眼差しを向けると、雅之がやれやれといった感じで小さく肩をすくめる。

「俺に依存して、この先の人生を俺に委《ゆだ》ねてくれる気はないんだね」

「ごめんなさい」

彼の優しさに甘えて、守られる生き方もあるとわかっている。それを雅之が望んでいるのだとしても、自分の気持ちは譲れない。

雅之は、申し訳なさそうに眉尻を下げる香奈恵の背中に腕を回して包み込むようにして抱きしめる。

そして、愛情を凝縮させたような吐息を漏らした。

「俺は、そういう自分を曲げない強さを持った香奈恵に惚れたんだ。長い人生を俺と一緒に生きてくれるなら、それでいいよ」

「雅之さん……」

必要な時に助け合って、影響し合って、二人で生きていきたい。

それこそ、死が二人を分かつその日まで、喜びと悲しみを分かち合うために。

6　御曹司の素顔

「千羽君、見学会のお客様の中にプチブライダルのプランを検討されている方がいるそうだが、今行けるか？」

内線電話を取った部長が、顎《あご》に受話器を挟んだまま聞いてくる。

十月の第二水曜日の今日は、ブライダル雑誌が主催する式場見学会が開催されている。その中に、プチブライダルの企画に興味を示してくれた人がいたようだ。

部長の言葉に、挙式の見積もり作成をしていた香奈恵はぱっと顔を上げ、「行きます」と答える。

しかし香奈恵の後ろで人の動く気配がした。

「自分が行きますよ」

そう言って立ち上がった雅之は、部長に担当者が行く旨を伝えてもらい、お客様の名前と今いる場所を確認する。

部長と短い言葉を交わした雅之は、「俺に任せて」といった感じで眼鏡の奥の目を細めて部屋を出ていった。

その背中を見送っていると、晶子が顔を寄せて囁《ささや》く。

「仲直りしてから、いい感じですね」

「別に……ケンカはしてないから」

香奈恵の性格的に、自分なりの結論を出さないと行動に移れないため、少し考える時間をもらっていただけだ。

「はいはい。……なんにしても、最近プチブライダルに興味を持ってくれる人が増えてきてるし、このまま業績が上がるといいですよね」

その言葉に、香奈恵は素直に頷く。

まるで水面に落ちた一滴の雫《しずく》が波紋を広げていくように、考え方を変えたことで視野が広がったのを感じる。そしてそれに呼応するように、周囲の反応も少しずつ変わってきていた。

肩の力を抜くようにホッと息を吐く香奈恵は、チラリと晶子を見た。

食事をしながら本音で語り合った際、プチブライダルの広報活動を社内に向けてもっとするべきだと晶子に言われた。

初め、香奈恵はその意味が理解できなかった。

自社の提供サービスくらい一通り理解していて当然と考えている香奈恵に、晶子はわかっていないと首を横に振った。そしてブライダル部門のことならともかく、ホテル部門のプランなど、自分はほとんど記憶していないと胸を張った。

あまり褒《ほ》められた話ではないが、そう言われてみると、確かにそうなのかもしれないと納得する部分もあった。

理解の姿勢を示した香奈恵に、晶子は、必要に応じてホテル部門のスタッフにプチブライダルの情報をお客様に提案してもらえるよう、働きかける役目を買って出てくれた。

それが少しずつ結果に繋がってきたことで、晶子のやる気がメキメキ伸びてきているのがわかる。

芽吹いた若木が一気に成長するような彼女の変化を頼もしく思うと同時に、改めてこれまでの自分の働き方を反省した。

そしてそのいい流れに、雅之が尽力していることも承知している。

二人の協力のおかげで、廃止は免《まぬが》れないと思っていたプチブライダルの認知度が確実に上がってきている。

「せっかく売り上げが伸びてきているんだから、ここでもう一つくらい、起爆剤になるようななにかが欲しいですよね」

下唇をボールペンのノック部分で押し上げながら晶子が唸《うな》る。

「そうだね……」

考えるように返した香奈恵だが、実は、挑戦してみたいプランはあるのだ。しかし、それを提案するには多少の勇気が必要となる。

晶子の成長を目の当たりにして、周囲を頼ることの必要性を学んだつもりでいても、恥ずかしいものは恥ずかしいのだから仕方ない。

口にすることができずに胸に燻《くすぶ》り続ける案を持て余しつつ、仕事に励《はげ》んでいると、再び部長に声をかけられた。

「予約はないが、千羽君指名で結婚式のプランニングの話を聞きたいって人が来ているみたいなんだけど、頼めるか？」

参列した式の雰囲気や演出が気に入ったからと、同じプランナーに自分の挙式を依頼してくる例は時々ある。

今回もそういったパターンだろう。香奈恵が了承して立ち上がると、受話器を戻した部長が言う。

「本館二階のラウンジに来てほしいとのことだ」

ブライダル部門は、弄月荘の中でも少し奥まった場所にある。

なにかの用でホテルかレストランを訪れたついでに、とりあえず話を聞いてみたいという流れになったのだろうか。

それもまたよくあることだと、先方の名前を確認した香奈恵に、部長が口角を下げた。

「それが、先方は『自分が千羽君の顔をわかっているから大丈夫』と言って名乗らなかったそうだ。特徴としては三十代前半の女性で、白のスーツを着ているそうだ」

「そう……ですか」

それは少し珍しい。

隣のデスクで仕事をしていた晶子も、こちらに目配せをしてくる。

なんとなく嫌な予感を抱《いだ》きながら、香奈恵は晶子に大丈夫だと微笑んで本館のラウンジに向かった。


指定されたラウンジを訪れた香奈恵は、先ほど感じた嫌な予感が的中したことを知った。

「遅いわよ」

苛立った雰囲気でため息を吐くのは、伊島である。

香奈恵を自分のもとへ呼びつけた伊島は、タイトなスカートからのぞく脚を組み替えて、「使えない女」と香奈恵を嘲《あざけ》る。

「お待たせして申し訳ありません」

雅之からは、先日の見合いについてはキッパリと断ったと聞いている。だから今の彼女に、挙式の予定があるはずはない。

では彼女の思惑は……と警戒しつつ、香奈恵は着席の許可を得た上で伊島の向かいに腰を下ろした。

「アナタ、まだここで働いていたのね」

「おかげさまで」

香奈恵は極力感情を抑えて返す。伊島はその返答にフンっと鼻を鳴らして、前屈《かが》みになって睨《にら》みつけてくる。

「堀江家から、正式に見合いの断りの連絡が来たわ。祖父の話だと、堀江元大臣と雅之さんの間でかなり揉めたようだけど、娘である真嶋夫人が間に入って、堀江元大臣が折れる形で決着したそうよ」

伊島の話では、雅之はこれ以上見合い話を進めるのであれば、養子縁組を解消して堀江家を出るとまで言ったそうだ。雅之の意見に真嶋夫人も加勢し、江戸初期から続く堀江家を自分の代で終わらせたくないのなら折れるべきだと説得したのだという。

かつて強引な縁談を嫌った娘との交流が断絶した経験のある堀江元大臣は、あの時のような思いをするのは御免だと自分の意見を下げたのだとか。

二人で共に生きる未来のために、雅之は香奈恵の知らない場所で動いていたらしい。そのことに心が暖かくなると共に、真嶋夫人の行動力に驚かされた。

「……」

以前雅之は、自分の母は香奈恵とよく似た気性の持ち主で、自分が納得しないとテコでも動かないし、覚悟を決めた時の行動力はとんでもないと話していたが、そのとおりだったらしい。

なんにせよ、それは雅之の家族の話であって、見合いを断られた伊島が口を挟むようなことではないはずだ。

それなのに彼女は、全て香奈恵が悪いとでも言いたげにこちらを睨《にら》んでくる。

「アナタ、そんなふうに周囲に迷惑をかけて恥ずかしくないの？」

「……？」

なにを言われているのかわからない。

キョトンとする香奈恵に、伊島は表情に苛立ちの色を濃くする。

「アナタなんかと結婚して、彼になんのメリットがあるの？　私と結婚すれば、人に頭を下げて媚《こ》びるような生活はさせないわ」

周囲を見渡しながら誇らしげに語る伊島に、以前彼女から「私の視界から消えてほしい」と言われたことを思い出した。

あの時は聞き流したその言葉が、妙に腑《ふ》に落ちる。

彼女と自分では、住む世界が違うのだ。

それは以前、香奈恵が雅之に感じていた家柄からくるものではなく、もっと根本的な、人間としての心のあり方が決定的に違うのだろう。

「堀江さんは、望んでこの仕事に携《たずさ》わっています」

香奈恵は毅然《きぜん》とした態度で返す。

彼女が、雅之にどんな未来を与えるつもりでいるのかはわからないけれど、マシマの仕事を見下すような言動は許せない。

「リゾート運営やホテル経営は、決してお客様に媚《こ》びる仕事ではありません。お客様に、愛着を持って長くご利用いただけるよう、スタッフ一同、切磋琢磨《せっさたくま》しながらより良いサービスを模索していく創造的なビジネスです」

ここで共に働くスタッフのためにも、その思いを伝えずにはいられなかった。

伊島は香奈恵の言葉を鼻で笑い、視線を遠くに向けて顎《あご》のラインを指でなぞる。

「なにそれ、負け惜しみ？」

自分と異なる価値観など認めないと、伊島の表情が語っている。

同じ国で同じ言語を使っているのに、彼女がどこか遠い異国の人のように思えた。

それもまた一つの生き方だろうと受け止めつつ、香奈恵は確認する。

「お話はそれだけでしょうか？」

それならば、これ以上話す必要はない。伊島からの返事がないため、香奈恵が腰を浮かせかけた時、パシャンッと液体が跳ねる音がした。

「……」

それと同時に濃いコーヒーの香りがする。

視線を胸元に落とすと、制服のブラウスにダークブラウンのシミが広がっていた。

ゆっくりと視線を前へと戻すと、コーヒーがほとんどなくなったカップを手に醜悪《しゅうあく》な笑みを浮かべている伊島と目が合った。

「コーヒーが零れたから、拭いてくれる？」

そう言いながら、伊島はカップをさらに傾け、床に茶色のシミを描いていく。

その非常識な振る舞いに、頭の芯が熱く痺《しび》れる。

カップをソーサーに戻した伊島は、ソファーの肘掛けを利用して頬杖をついた。そうして、組んだ脚のつま先を徐々にコーヒーのシミの方へ近付けていく。

「早く拭いてくれないと、大事なお客様の靴が汚れるんだけど」

香奈恵が動かなければ、至らないスタッフのせいで靴が汚れたとクレームを入れそうだ。

「……」

グッと奥歯を噛み締める香奈恵の感情を煽《あお》るように、伊島が言う。

「アナタがいるせいで、雅之さんもこういう惨《みじ》めな思いをしなきゃいけないのよ。そんなの可哀想だと思わない？」

それは違う。自分たちは、こんな横暴な振る舞いに屈するために働いているわけではない。

しかし、反論して弄月荘や雅之に迷惑をかけることになったらと思うと、下手《へた》に動くことができない。

異変に気付いてこちらに来ようとするラウンジスタッフに、大丈夫だと目配せをして立ち上がった。

スタッフだけでなく、他の利用客もこちらの異変に気付いてざわつき始めているので、早く収拾しなくてはいけない。

とりあえずの雑巾代わりにと、テーブルに置かれていた紙ナプキンを取ろうとすると、伊島がそれを邪魔する。

「どうせ汚れたんだから、アナタのそれで拭けばいいじゃない」

そう言って彼女は、顎《あご》の動きで香奈恵の首元に巻かれているスカーフを示す。

あり得ないと香奈恵が拳《こぶし》を握り締めた時、低く艶《つや》のある声が聞こえてきた。

「なにかトラブルでも？」

大きな手が肩に触れ、引き寄せられる。その手の温もりに、香奈恵はホッと息を吐いた。

「別に」

伊島は煩《わずら》わしげなため息を吐いて、ソファーの背もたれに背中を預けた。そして香奈恵の側に立つ人の顔をろくに確認することなく、遠くに視線を向けて言う。

「生意気なスタッフを教育してあげてるの」

相変わらず険のある彼女の態度に、香奈恵は驚いて自分の隣に視線を向ける。

その視線を受け止めた雅之は呆れたように肩をすくめるが、その姿を見た香奈恵には納得いくものがあった。

伊島が夫にしたいと願っているのは、堀江元大臣の孫で、マシマの御曹司という肩書を持つ堀江雅之であって、野暮ったい眼鏡で輪郭を隠した冴えないホテルスタッフではない。

自分が認めた者以外、ろくに目を向けない彼女には、目の前にいる雅之の姿がちゃんと見えていないのだ。

そんな彼女に、どこか嘲《あざけ》るような笑みを浮かべて雅之が言う。

「近くに控えて、ある程度の話は聞かせていただきましたが、お客様の行為はスタッフへの冒涜《ぼうとく》で教育ではありません」

「なっ！」

思いがけない反論に、伊島は険しい形相《ぎょうそう》で雅之を睨《にら》んだ。しかし雅之は怯《ひる》むことなく、丁寧な口調で続ける。

「ついでに言わせていただければ、弄月荘は歴史と格式を誇るホテルであり、その品格はご利用していただくお客様と共に作り上げていくものと承知しています」

遠慮のない雅之の言葉に、伊島の頬に朱が上る。

「たかがホテルマンごときが、客に意見してくるんじゃないわよ」

勢いよく立ち上がった伊島が、感情に任せて雅之の頬を打とうと手を振りかざしたが、彼は軽く肩を動かしてそれを避けた。

ただ完璧にはかわしきれず、その指が眼鏡の端を掠めて床へと落ちた。

「痛いっ」

平手を空《から》振りした伊島は、眼鏡を引っ掛けた指をもう一方の手で押さえて俯《うつむ》く。

すぐに顔を上げ、この痛みは平手をかわしたお前が悪いとでも言いたげに、険しい眼差しで彼を睨《にら》んだ。

しかし、そこでようやく自分が相手にしている男性が誰であるか、気付いたらしい。

「あ……ぁ」

伊島が口元を手で隠して弱々しい声を上げる。

雅之は乱れた髪を整えるついでといった感じで、仕事中は下ろしている前髪をオールバックに撫で付けた。

たったそれだけのことで纏《まと》う空気がガラッと変わるのは、雅之の持つ圧倒的なカリスマ性故《ゆえ》だろう。

雅之は、呆然と立ち尽くしている伊島に侮蔑《ぶべつ》の眼差しを向けた。

「真嶋家の者として、自社で働くスタッフを守る義務があります。伊島家の方には、当面、当グループの施設利用をお控えいただくようお願いいたします」

冷めた口調でそう宣告した雅之は、慇懃《いんぎん》に頭を下げた。

「なによ……。そんなことして、ウチの後押しがなければアナタの政党の……」

声を震わせる伊島の言葉を、雅之は温度を感じさせない声で遮《さえぎ》る。

「祖父はとうに政界から引退していますし、ホテル経営に政党への支持は関係ありません。それに、政治は企業のものではなく、国民のものだと私は考えます」

「な……」

伊島は唇を震わせるが、続く言葉はない。

そんな伊島に、雅之は冷めた声で告げる。

「お客様がホテルを選ぶ権利があるように、ホテルにもお客様を選ぶ権利があることをお忘れなく。ご理解いただけたようでしたら、他のお客様のご迷惑になりますのでどうぞお帰りください」

伊島は周囲に視線を向け、ぎりりと唇を噛み締める。

「こんなホテル、こちらから願い下げよ」

そんな負け惜しみともつかない言葉を残し、最後の嫌がらせに床に転がっていた雅之の眼鏡を踏みつけ、伊島は乱暴な足取りでラウンジから出ていく。

「あ……」

雅之の行いを間違っているとは思わないが、彼女を怒らせてしまって大丈夫なのだろうか。

どうしたらいいかわからず、雅之と遠ざかる伊島の背中を見比べていたが、とりあえずは床を綺麗にするべきだと判断する。

だけど床にしゃがみ込もうとしたところで、雅之が軽く肩を叩いて止めた。

「ここはラウンジスタッフに任せて、着替えた方がいい」

そう言われて、先ほど伊島にコーヒーをかけられたことを思い出す。

「……」

確かにこの格好で床掃除をすると、悪目立ちしそうだ。

ブラウスの染みを眺めている隣で、雅之は腰を曲げて壊れた眼鏡を拾い上げた。

「これはもう駄目だな」

蝶番《ちょうつがい》の部分がぐにゃりと曲がった眼鏡を確認して、雅之は口角を下げた。

でもすぐに、「素性を隠して働くのも潮時だし、ちょうどいいか」と笑みを浮かべる。

その表情はとても魅力的で、ラウンジにいる人たちの視線が彼へと引き寄せられていく。

雅之は周囲の視線を絡め取るように、その場にいる一人一人の目をしっかり見つめてから、胸に手を添え「お騒がせして申し訳ありませんでした」と深く頭を下げる。

ただそれだけの動きに周囲は魅了され、中には小さく拍手を送ってくれる人までいるのは、さすが絶大なるカリスマ性を備えた真嶋家の御曹司としか言いようがない。

そんな中、ラウンジスタッフが掃除道具を持って近付いてきたので、後の処理を任せて香奈恵は雅之とその場を離れた。

◇　◇　◇

「伊島さんの件、大丈夫ですか？　それに、お見合いの件で堀江さんがお祖父《じい》様と揉めたと聞きました」

シャツの汚れを隠すために前を歩いていた雅之は、その言葉に首を捻《ひね》って視線を後ろに向けた。

香奈恵は腕でうまく汚れを隠しているので、遠目からは服の汚れに気付く人はいないだろう。

けれど雅之は、伊島の非常識な振る舞いが鮮明に脳に焼き付いていて忘れることなどできそうにない。

見学会のお客様にプチブライダルの説明を終えて事務所に戻ると、心配そうな晶子から香奈恵の様子を見てきてほしいと頼まれた。急いで駆けつけたおかげで、香奈恵が伊島の足元に膝をつくような事態は防げたが、それでも許せるような話ではない。

雅之は苛立ちを誤魔化すために髪を撫でつける。

「祖父のことは問題ない。それに俺は政治家になるつもりはないから、伊島家のご機嫌を取る必要もない。……うちを出禁にされて困るのは、どちらかといえば彼女の家の方だ」

「……？」

それはどういう意味かと視線で問いかける香奈恵に、ニヤリと笑って言う。

「弄月荘は歴史あるホテルだ。政財界の、とりわけ重鎮《じゅうちん》の方々に愛され、冠婚葬祭などの多くのシーンで利用されている。その弄月荘に出入り禁止とあっては、政財界と繋がりのある伊島家にとってはかなりのマイナスだろう」

ホテル側が、宿泊費の不払いや違法行為、著《いちじる》しく風紀を乱したり、周囲に迷惑をかけたりする客を出入り禁止にすることはある。そしてそれは同業者の間で情報共有されるため、他社のホテルを利用する際の待遇にも影響を及ぼすのだ。

政財界との繋がりだけでなく、大手ゼネコンを経営する伊島家にとっては、かなり体裁《ていさい》の悪い話になるだろう。

「きっと世間は、何故伊島家が弄月荘を出禁になったか知りたがる。そうなれば、あの場にいた人たちが、彼女の非常識な振る舞いを包み隠さず広めてくれるはずだ。それは伊島家にとっても、プライドの高い彼女にとっても、大きな痛手だろうな」

本音を言えば、それくらいでは手ぬるいと思うほど、伊島の振る舞いに怒りを覚えている。

だが、もともと性格に難があると知られている彼女が、見合いを断られた腹いせに老舗《しにせ》ホテルで騒動を起こし、ついには出入りを禁止されたとなれば、これ以上ない醜聞《しゅうぶん》だ。伊島家としても、これまでのように彼女に好き勝手させることはできなくなる。

「雅之さん、実はかなり怒っていますか？」

スタッフ専用の通路に入ったため、香奈恵が隣に並んで見上げてくる。周囲に人気《ひとけ》がないので、呼び方も雅之に戻していた。

彼女の問いに、雅之は当然だと頷く。

人に聞かれないように声のボリュームこそ落としているが、湧き上がる怒りまでは抑えきれない。

「香奈恵や弄月荘を侮辱《ぶじょく》したんだ。そのツケはきっちり払ってもらう」

恵まれた環境にいるおかげで本来の気性を発揮する機会が少ないだけで、自分はかなり傲慢《ごうまん》な性格をしているのだ。欲しいものを手に入れるためには遠慮がないし、自分が大事にしているものを侮辱《ぶじょく》されて黙っていることもない。

そんなことを話すと、香奈恵は「そういう人でした」と懐《なつ》かしそうに笑う。

どうやら、自分たちが付き合うことになった経緯を思い出しているらしい。

「自分が信じる道を進むために、なんの遠慮も必要ないさ。選んだ道で、それ相応の結果を出せばいい」

そう胸を張る雅之に、香奈恵が眩《まぶ》しげな眼差しを向けてくる。

その時ちょうど更衣室の前に着いたので、雅之は着替えを促《うなが》す意味で香奈恵の背中を軽く押した。

そんな雅之を振り返って香奈恵が聞く。

「雅之さんは先に事務所に戻りますか？」

雅之は首を横に振る。

「その前に、兄のところに行ってくる。俺の一存で伊島家を出禁にした以上、管理者に状況を報告する必要があるからな」

下手《へた》に隠したところで、彼女が事務所に戻ればバレることなので正直に答えると、香奈恵はそんなことだと思ったとため息を吐いた。

「この件の当事者である私も一緒に行くので、少し待っていてください」

「いや、いいよ。俺が一人で……」

彼女の申し出を断ろうとすると、香奈恵は背伸びをして雅之と唇を重ねることで、その言葉を奪う。

思いがけない彼女の行動に目を丸くしていると、香奈恵も顔を赤らめて周囲を確認する。でも、すぐに茶目っ気たっぷりな表情で小さく舌を出した。

「私も雅之さんを見習って、自分が信じる道を進むために遠慮しないことにしました」

そう宣言した香奈恵は、「怒られる時は、複数人で行った方がお説教は軽く済むらしい」ともっともらしい顔で教えてくれた。

上目遣いにこちらを見上げ、得意げな表情を見せる彼女にドキッとしてしまう。

これまでの愚直さに加えて、したたかさを学んだ彼女は、驚くほど魅力的だった。

「……と、西村さんから教わりました」

訳知り顔で語る自分に照れたのか、そう言って香奈恵が小さく肩をすくめる。

その表情がまた魅力的で、雅之の心は愛おしさでいっぱいになった。

――まいったな……

口付けの感触の残る唇を指で撫で、雅之は苦笑いを零した。

香奈恵は、まるで余分な衣を一枚脱ぎ捨てたような清々《すがすが》しさで、再び雅之の心を魅了する。

人とぶつかり合い、違う価値観を受け入れることを学んだ彼女は、これからもっと魅力的になっていくだろう。

それこそ今の彼女なら、自分の助けなど必要とせず、古参の社員たちとわかり合ってプチブライダルの危機を脱することができるのかもしれない。

「雅之さん、どうしました？」

目を見開いて黙り込む雅之に、香奈恵が心配そうな表情を浮かべた。

そんな彼女に首を横に振って、雅之は正直な思いを言葉にする。

「どうやら俺は、同じ女性に惚れ直してしまったようだ。これからもどんどん成長していく君の一分一秒を、全てこの目に焼き付けておきたくなるよ」

臆面もなく告げた愛の告白に、香奈恵の頬が赤くなる。

その初々《ういうい》しい表情もまた愛おしい。

今までさえ離れ難いほど愛していたのに、いよいよ手放せなくなったではないか……

「香奈恵の案に乗るから、一緒に怒られてくれ」

彼女ほど生真面目に生きてこなかった雅之には、共に悪さをして叱られる時の奇妙な連帯感と団結力に思い当たるものがある。

自分一人で解決するつもりでいたが、あの感覚を香奈恵と共有できるというのはなかなか魅力的だ。

「もちろんです」

雅之の申し出に、香奈恵が望むところだと表情を輝かせる。

「お礼に、香奈恵のために俺にできることはなにかない？」

被害者の彼女に片棒を担がせる罪悪感から、そう提案してみる。

すると、晴れやかな笑顔で香奈恵が言った。

「じゃあ雅之さん、私と結婚してくれませんか？」

「……っ！」

思いがけないタイミングのプロポーズに驚く雅之に、香奈恵は「ただし条件があるんです」と付け足す。

それがどんな条件でも構わない。彼女との結婚は雅之がずっと望んできたことだ。

「その条件というのは？」

なんでも言ってほしいと言葉を待つ雅之に、香奈恵は照れくさそうにはにかむ。そして「私の悪巧みに付き合ってくれますか？」と、こちらの反応を窺う。

「もちろん」

香奈恵の悪巧みに乗るなんて、雅之にとってはこれ以上ない素敵な誘惑である。

ワクワクした表情で頷くと、その表情につられた香奈恵も悪戯《いたずら》っ子のような表情を浮かべて、自分の企《たくら》みを打ち明けてきた。

そうやって聞き出した彼女の条件は、雅之からすれば「そんなことでいいのか？」と拍子抜けするような内容だった。

けれど、香奈恵は爪が白くなるほど強く拳《こぶし》を握り締め、ひどく緊張した面持《おもも》ちでこちらの返事を待っている。

惚れた女にそんな顔をされて、断る男がいるはずがない。

「もちろん、喜んで」

雅之がそう返すと、香奈恵は嬉しそうに目を細めた。

「詳しくは、今夜話し合おう」

そう言って、雅之は香奈恵の背中を軽く叩いて更衣室へ入るように促《うなが》した。

◇　◇　◇

その日の夜、香奈恵はリビングのソファーに体を預けている雅之に「お疲れ様です」とグラスに注《つ》いだブランデーを差し出した。

あの後、揃って伊島との件を報告しに行ったところ、経緯を聞いた祐一マネージャーは多少困った顔をしたものの、仕方ないと理解を示してくれた。

それでも相手の家が家なだけに通すべき筋があるとのことで、雅之を連れて出掛けていった。

香奈恵はそのまま通常業務に戻されたので、定時まで仕事をして雅之の家で彼の帰宅を待っていたのだ。

帰ってきた雅之は、食事は済ませてきたから少し飲もうと提案してきた。

「ありがとう」

ソファーに体を預けていた雅之は、姿勢を直してそれを受け取り、自分の隣をポンポンと叩いて香奈恵に座るように催促《さいそく》する。

自分の飲み物とつまみを取りにダイニングに行こうとしていた香奈恵は、彼が手を引くのでそれを後回しにして隣に腰を下ろした。

「疲れましたか？」

いつもより脱力している様子の雅之に尋ねると、彼は素直に頷く。

「だから少し、こうさせて」

雅之はグラスを持っていない方の腕を香奈恵の肩に回す。

そして香奈恵の存在を確かめるように深く息を吸い込み、グラスを傾けた。

頭の上で彼が喉を鳴らす。氷がグラスに触れてカランと涼しげな音を響かせた。

その音を心地よく思いながら瞼《まぶた》を伏せていると、雅之が思い出したといった感じで告げる。

「祖父のところにも、報告に行ってきたよ」

その言葉に、香奈恵は姿勢を直して彼を見上げた。

一気に緊張する香奈恵の心を宥《なだ》めるように、彼女の髪を耳にかけて笑う。

「そんな顔をしなくても大丈夫だよ。今度こそ、俺を政治家にすることを諦めてくれた」

「……」

そんなふうに言われても、それこそ自分のせいで彼と堀江元大臣の間に、決定的な亀裂が入ってしまったのではないかと不安になる。

だけど雅之はブランデーを味わい、楽しそうにクスクスと笑う。

「祖父がどうして折れたと思う？」

そう問いかけながら、雅之は自分のグラスを香奈恵に差し出す。

なぞなぞでも楽しむようなその口調に、緊張感は少しもない。

「……？」

差し出されたグラスを受け取った香奈恵は、興味本位でグラスに口をつけてみた。

思いのほか飲みやすいブランデーを舐《な》めるように飲みながら理由を考えてみたが、全く思いつかずにグラスを返しつつ首を横に振った。

グラスを受け取った雅之は、それを一口味わってから楽しそうに答えを明かす。

「母に、ひ孫の顔を見られなくてもいいのかと脅《おど》されたそうだよ」

「え、そんなことで折れたんですか？」

思いがけない言葉に目を丸くする香奈恵を見て、雅之は微笑みを濃くした。

彼の話によれば、娘の結婚に反対した堀江元大臣は、駆け落ちのような形で結ばれた娘夫婦と長年交流が途絶えていたのだという。その後、長い時間をかけて関係の修復はできたものの、孫の誕生を祝うことができなかった堀江元大臣にとって、その一言はなによりの破壊力があったそうだ。

「時々、暴走することはあるけど、悪い人ではないんだ」

困ったものだと肩をすくめる雅之は、グラスをテーブルに置いてこう付け足す。

「母は祖父のことを、よく『愛すべき困ったちゃん』と呼んでるよ」

「愛すべき困ったちゃん……」

なかなかの言いように、思わず香奈恵も笑ってしまう。

ずっと別世界の人のように感じていた堀江元大臣が、自分の夢や権力より、ひ孫の顔を見ることを選んだと知って急に親しみが湧いてくる。

彼につられてクスクス笑っていると、雅之がこちらの機嫌を窺うような声で言う。

「俺としては、そんな祖父の願いを早く叶えてやりたいと思うんだが」

そう言って雅之は香奈恵の体を抱き寄せる。

つまり、早く結婚して子供を作ろうということらしい。

「でも、本当にいいんですか？」

「結婚するなら、プチブライダルで式を挙げたい。……プチブライダルで出会った俺たちにぴったりだと思うよ」

それのどこに遠慮がいるのかと、表情で問いかけてくる。

「でも、雅之さんの立場を考えると招待すべき人が多いでしょうし、格式のある式を挙げる必要がありますよね？」

一般家庭で育った香奈恵とは違い、雅之は真嶋家の御曹司で今は堀江元大臣の養子なのだ。結婚式をするのなら、それ相応の規模にする必要があるはずだ。

香奈恵の心配に、雅之は首を横に振る。

「前にも言ったけど、俺は家のための嫁が欲しいんじゃない。人生を共に生きるパートナーと結婚したいだけだ。それで香奈恵の希望も叶えられるなら最高じゃないか」

自分の言い出したこととはいえ、若干の戸惑いを見せる香奈恵に、雅之はニッと口角を上げる。

その表情を見れば、本気で香奈恵の出した条件を楽しんでいることが伝わってきた。

そうであるなら、これ以上遠慮する必要はない。

全力で楽しむ覚悟を決めて、自分の考えを再度言葉にする。

「これを機に、プチブライダルを海外にも広めることができたら、業績回復に繋がるんじゃないかと思うんです」

人生の階段を共に上《のぼ》るように、夫婦の歴史に寄り添う弄月荘に——グローバルなこの時代、それはなにも国内に留めておく価値観ではない。プチブライダルを利用した海外暮らしのお客様に、また日本に来たい、その際には是非とも弄月荘に泊まりたいと思ってもらえるなら、それはとても素敵なことだ。

その意見に、雅之は頷く。

「香奈恵の考えはいいと思うよ。プラン的にもインバウンドのお客様を取り込みやすい。宣伝は是非経験者の俺に任せてほしい」

雅之は、彼女がこのタイミングでプチブライダルでの挙式を提案した理由を正確に読み取っていた。

「よろしくお願いします」

香奈恵が素直に頼ると、雅之は任せろと胸を張る。

「前にも言ったけど、プチブライダルは企画としては悪くない。その証拠に徐々に売り上げが伸びているし、きっかけや時流次第で結果が出ると俺も考えているよ」

自分の背中を押すその言葉に、香奈恵がホッと息を吐く。

「これで結果を出すことができたら、その時は胸を張って異動願いを出します」

結婚は仕事からの逃避ではないし、仕事は結婚の妨《さまた》げにならない。

誰に引け目を感じることなく、彼のパートナーとして今後の人生を共に歩いていくために、そこは妥協できなかった。

「待っているよ」

香奈恵の考えを理解して背中を押してくれる雅之だが、そっと腕を引き寄せ、「本当は、一秒も離れたくないんだけど」と甘い声で本音を囁《ささや》いてくる。

その腕の動きに導かれ、雅之と向き合う姿勢になった香奈恵は、彼の胸に頬を寄せる。

「私もです……」

彼の温もりを感じていると、そんな本音が溢《あふ》れてしまう。

気付くと胸が切なくて鼓動が激しい。

飲みやすいと思っていたブランデーは、思った以上にアルコール度数が高かったらしい。

頬が上気するのを感じながら顔を上げると、自分を見下ろす雅之と目が合った。

柔らかな照明に照らされた甘く端整な顔立ちの中で、口元のホクロに妙に色気を感じる。自分を見つめる瞳は人生を楽しむ喜びに輝いていて、この人と共に生きる幸せを想像するだけでワクワクしてしまう。

彼の存在全てが完璧で、香奈恵の心を魅了する。

もしかしたら自分は、アルコールではなく、彼の存在に酔っているのかもしれない。そんなことを思いながら彼の頬に手を触れると、雅之が自分の手を重ねてきた。

「愛してくれてありがとう」

「それは、私の台詞《せりふ》です」

雅之に愛されて彼の価値観に触れたことで、世界が一気に広がった。

そしてこれから彼と一緒に生きていくことで、その世界はさらに広がっていくだろう。

「私と出会ってくれて、愛してくれてありが……」

改めてお礼を言おうとする香奈恵の言葉を、雅之は口付けで塞ぐ。

「んっ……ぅ」

蕩《とろ》けるような口付けを受け入れた香奈恵は、熱い吐息を漏らしながら彼の首に腕を回す。

身長差があるためにソファーの上に膝立ちになると、雅之が自分の膝の上に香奈恵を誘導した。

啄《ついば》むような口付けを交わしながら彼の膝に跨《また》がると、普段見上げている彼を見下ろす形になる。

いつもと違う視線を新鮮に感じていると、彼も同じことを感じたのか、熱っぽい眼差しで口付けの濃度を深めてくる。

頭をかき抱《いだ》かれつつ口内に侵入してきた舌が、香奈恵の上顎《うわあご》を撫でる。

ぬるりとした舌の感触に身を捩《よじ》ると、雅之はもっと反応してほしいと言いたげに、香奈恵の舌の付け根や歯列を撫でていく。

息を継ぐ暇もない荒々しい口付けに彼の体を押してもがく。雅之はそれを窘《たしな》めるように、香奈恵の口内の粘膜をくすぐった。

彼の舌が動く度に、そこからブランデーの味を感じてさらに酔わされていく。

「本当は、私も、離れたくないです」

濃厚な口付けの合間に、香奈恵は切ない本音を口にする。

「…………いつも一緒にいたいし、……正直、離れて暮らすことが不安……です」

「なにが不安？」

香奈恵の感情の揺れを見逃さず、唇を離した雅之が聞く。

彼のその余裕に、自分の子供っぽさが恥ずかしくなって香奈恵は視線を落とした。

でも雅之に顎《あご》を持ち上げられて、瞳の奥まで覗き込まれる。

どんな香奈恵でも愛すると言って、面倒くさい自分の性格も受け入れてくれた雅之に、今さら見栄を張っても仕方ない。

香奈恵はぽつりぽつりと自分の思いを言葉にしていった。

別に彼の浮気を心配しているとかではない。

ただ、好きな人と離れると考えた途端、心が半分に引き裂かれるような痛みを感じて戸惑ったこと、自分で選んだのに離れたくないと思ってしまったこと……

そんな香奈恵の本音を聞いて、雅之は「ありがとう」と優しく笑った。

「香奈恵が、俺と同じ気持ちでいるってわかって嬉しいよ」

「……」

呆れられるのが怖くて、なかなか口にできなかった本音を、雅之はありのままに受け止めてくれる。

そしてその感情も愛おしいというように、香奈恵の頬に唇を寄せた。

彼の唇の感触が、理性で押さえ込んでいた本音を一気に引き出していく。

「雅之さんのこと、怖いくらいに愛しています。愛していて、貴方に見合う自分になりたくて……だから、ちゃんと仕事を頑張りたいのに……一緒にいられなくなることが、辛くてしょうがないんです」

「香奈恵……」

「結婚するのに、そんなの変ですよね」

香奈恵は、照れくさくなって笑った。

互いの仕事や家族の問題などで一定期間別居する夫婦なんて珍しくないし、大事なのは互いに思い合う心だ。

わかっていても、彼と離れたくないと心が駄々をこねる。

このチグハグした感情を持て余し、どうしたらいいかわからない。

その息苦しさを埋めてほしくて、自分から唇を求める。

そんな香奈恵を宥《なだ》めるように、雅之は長く短く何度も唇を重ねていく。

「香奈恵の思いは、全部俺と同じだよ」

優しい声で囁《ささや》く雅之は、どこか不敵な笑みを浮かべて問いかける。

「香奈恵の不安を埋めるために、俺はどうしたらいい？」

「……」

彼の上に跨《またが》り、心を埋めるように唇を求める状況を見れば、その答えなどわかりきっている。

雅之は腰を支えていた手の位置を変えて、黙っている香奈恵を横抱きに抱き上げる。

「あっ……」

驚く香奈恵を横抱きにしたまま、雅之はリビングを出た。

香奈恵を軽々と抱えて歩く雅之は、広々とした廊下を歩き、階段を上がって二階の寝室へ移動する。

ホテルのように綺麗に整えられた彼の寝室は、何度訪れても生活感がない。

それでいて、彼が愛用している香水の香りを感じると、それだけで臍《へそ》の裏側がキュンと疼《うず》く。

雅之は、広いベッドに香奈恵をそっと寝かせた。

「香奈恵」

ベッドに肘を突いて軽く上半身を起こした香奈恵は、甘く掠れた声で名前を呼ばれて視線を上げた。

返事をする暇もなく、覆《おお》い被さってきた彼に唇を塞がれる。

「……ッ」

不意打ちの口付けに、目を閉じるのも忘れてしまう。

薄く開いた視線の先に、野生的な輝きを内包した彼の瞳が見える。

「シャワー……」

「後でいい」

細い声で訴えるが、すげなく返されてしまった。

「どうしてほしい？」

マットレスに肘を突いて香奈恵の顎《あご》を捉《とら》えた雅之が、飢《う》えた獣のような眼差しを向けて聞いてくる。

「……っあぁ」

香奈恵の言葉を待つことなく、彼の手がブラウスのボタンに触れた。

再び唇を重ねながら、ブラウスのボタンの上三つを手早く外し、キャミソールの上から胸の膨らみを揉みしだく。

たったそれだけのことで、体に甘い痺《しび》れが走り、力が抜けてしまう。

そんな反応を見逃さず、雅之は強く唇を押し付けながら香奈恵をベッドに押し倒す。

唇を重ねたまま上に覆《おお》い被さった雅之は、彼女のブラウスの裾《すそ》を引っ張り出し、ボタンを全て外してしまう。

そのままキャミソールの下に手を滑り込ませ、華奢《きゃしゃ》な腹部を撫でた手を背中に回し、ブラジャーのホックを外した。

ホックが外されたことで、胸に開放感を覚える。

まろび出た胸の膨らみに、雅之の指が強く食い込んだ。

「あぁぁっ」

自分の存在を刻み込むような動きに、香奈恵は首を反《そ》らして喘《あえ》ぐ。

緩急をつけながら彼女の胸を揉みしだいていた雅之が、そこに舌を這《は》わせてきた。

そうしながら胸の谷間に顔を沈め、その部分を舌でくすぐる。

それだけの刺激にも、香奈恵の体は素直な反応を示してしまう。

胸の間を舌でくすぐりつつ、雅之は徐々に顔の位置を移動させる。

手と舌でそれぞれの胸を愛撫《あいぶ》されると、胸ではなく背筋にゾクゾクとした痺《しび》れが走った。

「はぁ……ッ」

生温かい舌が柔らかな肌の上を滑り、その先端を食べる。その刺激に、香奈恵は堪《たま》らず喘《あえ》ぎ声を漏らした。込み上げる劣情に身悶《もだ》える踵《かかと》が、シーツの上を滑る。

そんな素直な反応に煽《あお》られたのか、雅之はもう一方の膨らみを愛撫《あいぶ》する手に力を込め、指の間から出る尖《とがり》を指で挟んで捻《ひね》った。

「いやぁ……ぁ」

両方の胸を異なる刺激で同時に攻められて腰を捻《ひね》るが、たくましい彼の体が覆《おお》い被さっているのでどうすることもできない。

それどころか、体を捻《ひね》ったことで彼の下腹部で滾《たぎ》る欲望をしっかりと感じ取ってしまう。

顔を上げた雅之は、上目遣いの眼差しで囁《ささや》いた。

「香奈恵は、快感に弱いな」

「……」

「普段は生真面目で堅物な印象なのに、俺が触れるとすごく淫《みだ》らな反応をしてくれる」

まるで、淫乱な女だと思われているような気がして恥ずかしくなる。

でも、雅之はそれがいいと胸を強く揉みしだきながら言う。

「俺好みの反応で、抱く度にどんどん俺を溺《おぼ》れさせていく。……しっかりと俺を刻んでおかないと不安になる」

そう語る彼の目には、本当に不安の色が揺れていて驚く。

真嶋家の王子様である彼が、そんなふうに自分を思ってくれていることが嬉しい。

「私も。……だから、雅之さんの存在を感じさせてください」

雅之の頰を手で包み込み、香奈恵は自分の方へと引き寄せる。

「離れていても不安にならないように、貴方の存在を強く私に刻み込んでください」

彼にもっと求めてほしくて、胸に浮かぶ言葉をそのまま口にする。

本音の部分では、それは嘘だとわかっていた。

彼を知れば知るほど溺《おぼ》れていき、今以上に離れている時間が寂しくなる。

離れて暮らす間、精神的にも肉体的にも、彼を求めて心が疼《うず》くだろう。

それでも今この瞬間、身も心も彼に満たされたい。

そうでないと、自分の中に湧き上がるこの熱をどうすることもできない。

「離れられないと思うくらい、俺のことだけ考えていてくれ」

それは雅之も同じらしく、そっと右の口角を上げる。

――この人が、どうしようもなく好きだ。

香奈恵の心を捉《とら》えるだけで満足することなく、より深く香奈恵の心を支配して虜《とりこ》にしていく。

「ん……ふぁぁ……雅之さぁ……それ………」

雅之は再び香奈恵の胸に顔を埋《うず》めると、左右の胸を指と舌で愛撫《あいぶ》する。

硬くなった胸の尖《とがり》を指で押したり擦ったりする傍《かたわ》ら、もう片方を舌で転がされ、前歯で甘噛みされて、香奈恵の体に蕩《とろ》けるような痺《しび》れが走った。

喘《あえ》ぎながら身悶《もだ》える香奈恵に、雅之の情熱的な動きが加速していく。

絶妙な力加減で胸の尖《とがり》をグリグリ押されると、体の奥でジンジンとした熱が湧き上がってくる。

それと共に、脚の付け根にねっとりとした潤《うるお》いを感じた。

「ん……ぁっ……もう……駄目っ……お願い」

執拗《しつよう》に胸を愛撫《あいぶ》され、下腹部に淫《みだ》らな蜜が溢《あふ》れてくる。

その感覚が恥ずかしくて雅之の胸を押す。でもそのくらいの抵抗では、彼の動きを止めることはできなかった。

「逃げるな。もっと俺の手で気持ち良くなって」

顔を上げた雅之が、筋肉質な胸を押しながらもがく香奈恵を窘《たしな》める。その顔が艶《つや》やかで、香奈恵から抵抗心を奪っていく。

腕の力が弱まると、雅之はニッと口角を上げてからかうように聞く。

「素直だな。もっと気持ち良くしての催促《さいそく》か？」

「違っ……」

そうじゃないと焦ったが、雅之はその反応を楽しむように強く唇を押し付け、香奈恵の舌を堪能する。

そうしながら腰を撫で、スカートのホックを外してショーツやストッキングと一まとめにして脱がせてしまう。

そして雅之は上半身を起こすと、シャツを脱ぎ捨て自身の肌を晒《さら》す。

筋肉で引き締まった上半身は、荒々しい雄の魅力に溢《あふ》れている。

瞳に野生的な熱を湛《たた》える雅之の眼差しに、香奈恵は無意識に唾を飲み込んで脚を擦り合わせる。

そうしたことで、水音と共に自分の蜜の潤《うるお》いを感じてしまう。

「……」

淫《みだ》らな反応が恥ずかしくて体を捻《ひね》って背中を丸めていると、背後で彼がズボンを脱ぐ音がした。

「香奈恵」

初めてではないのに、羞恥《しゅうち》に苛《さいな》まれる香奈恵の肩を雅之が引く。

導かれるまま体の向きを変えると、野生的な眼差しと目が合った。

「雅之さん」

愛おしさを声に込めると、雅之はそのまま唇を重ねてくる。

でもすぐに体を起こして、香奈恵の両足首を掴んだ。

「――っ！」

雅之に足首を引かれ、微かに上半身を浮かせていた香奈恵は背中をマットレスに沈める。

頭の位置を下へと移動させた雅之は、香奈恵の脚を持ち上げて自分の両肩にかけた。

そうされることで、彼の眼前で大きく股を開く姿勢になってしまう。

敏感な場所に空気が触れるのを感じて、香奈恵は顔を赤面させる。

「雅之さん、待ってて っ」

まだ慣れないそれに香奈恵は焦るが、雅之は構うことなく蜜を滴《したた》らせる陰唇に唇を寄せる。

「あっぁっ！」

滴《したた》る蜜を舌で掬《すく》い取られる感触に腰が震えた。

シャワーも浴びていない状態で行為に及ぶことにも抵抗があるのに、そんな場所を彼に舐《な》められて混乱する。

それなのに、腰は淫《みだ》らに震えてしまう。

「いい顔だ」

股の間からこちらを窺う雅之が、上目遣いに見つめてくる。

彼の淫《みだ》らな眼差しに、陰唇が物欲しげにヒクヒクと収縮した。

彼女の体の素直な反応を感じ取り、雅之が熱っぽい息を吐く。熱いその息遣いに、体の奥から新たな蜜が溢《あふ》れてきた。

雅之は新たに滴《したた》り落ちた蜜を舌で舐《な》め取る。

陰唇に舌が這《は》う感触に、香奈恵は目を閉じて息を呑んだ。

ピチャピチャと彼の舌が陰唇を舐《な》める度、香奈恵の体に甘い痺《しび》れが走り、羞恥心《しゅうちしん》が溶かされていく。

「ん……くぅ………………あ」

雅之の舌の動きに合わせて声が零れる。

湧き上がる快感と、焦《じ》らされるようなもどかしさに、彼の髪に指を絡めて喘《あえ》いだ。

四肢に力が入り、自然と彼を自分の方に引き寄せると、より淫《みだ》らに蜜を啜《すす》られる。

彼の舌が執拗《しつよう》に陰唇の割れ目を往復する感触に、香奈恵の意識は高みに追いやられていく。

荒々しく自分を求める彼の息遣いに、体は敏感な反応を示した。

「やぁ……ぁ」

雅之は躊躇《ちゅうちょ》なく香奈恵の股間に顔を埋《うず》め、蜜の溢《あふ》れる場所へ深く舌を沈める。

柔らかな舌は、男性器とは異なる刺激を与えてくる。小さな生き物が肌を這《は》うような感覚に、香奈恵は浅い呼吸を繰り返した。

彼の舌が動く度、臍《へそ》の裏側から熱いものが込み上げてきて、その熱に体が焼かれていくようだ。

「香奈恵のここは、もうぐっしょりと濡れているよ」

肘を突いて上半身を起こした雅之が、香奈恵の中へ指を二本沈めてくる。

彼の姿勢が変わったことで、肩にのせていた脚がベッドへ落ちるけど、脱力して動くことができない。

雅之はそのまま円を描くように中の指を動かし、媚肉をくすぐる。そうしながら、他の指で赤く膨れた敏感な肉芽を転がしてきた。

舌より強い存在感を持って中をかき回す指の感覚に、香奈恵は喉を反《そ》らして喘《あえ》いだ。

「やぁ……っ」

遠慮なく自分の中を蹂躙《じゅうりん》する彼の指に、閉じた瞼《まぶた》の裏で光が明滅して一瞬意識が遠ざかる。

雅之はそんな香奈恵の表情を確認しながら指を動かし、さらなる欲望をかき立てていく。

「感じる？」

答えを承知で問いかけてくる雅之に、香奈恵はカクカクと頷きを返す。

羞恥《しゅうち》を捨てて正直に答える香奈恵に、雅之はどこか意地悪な表情で言う。

「そう。……じゃあ、もっと感じて」

「ああっ！」

言葉と共に指を増やされ、香奈恵は背中を仰《の》け反《ぞ》らせて悲鳴を上げた。

生理的な涙で視界が霞《かす》むほど、気持ちがいい。

意味もなく手をばたつかせて喘《あえ》ぐ香奈恵の反応に、雅之は攻めを加速させた。

しとどに溢《あふ》れ出す愛液が股を濡らし、臀部《でんぶ》を伝ってシーツに染みを作っていく。

淫《みだ》らな刺激に翻弄《ほんろう》され、うまく息ができない。

だけど、その息苦しさにずっと溺《おぼ》れていたいとも思う。

「ま……ッ……雅之さん……待…………って……」

香奈恵の膣を指でいっぱいに広げた雅之は、再びその場所に顔を寄せ、蜜でふやけた肉芽に吸い付いてきた。

敏感な場所を強く吸われ、強すぎる快楽に子宮がキリリと痛む。

乱暴に口元を拭った雅之が、顔を上げた。

「蜜でとろとろだ」

自分が与えた刺激に蕩《とろ》けきった香奈恵の表情に、雅之は満足げに息を吐いた。

「来て」

肩で息をする香奈恵が甘い声でねだると、雅之は熱い息を漏らしてその頬を撫でた。

一度体を離してベッドサイドのチェストから避妊具を取り出すと、それを装着する。

そして薄い膜に包まれた自分の昂《たかぶ》りを、香奈恵の秘裂に沿わせて上下に動かした。

雅之のものが陰唇を撫でる感覚と共に、微かに粘着質な水音が鼓膜をくすぐり、体がゾクゾクと震えた。

細胞の全てで彼を求めずにはいられない。

そんな気持ちを込めて、香奈恵は彼の目を見つめて腕を伸ばした。

その手のひらに口付けをして、そっと香奈恵の中へ自分を沈めてくる。

「香奈恵っ」

「あぁぁぁ雅之……さぁ……」

名前を呼びながら雅之が深く腰を寄せてくると、香奈恵は甘い声を寝室に響かせた。

感じきった膣がわななき、彼のものを強く締め付ける。

雅之はその刺激に眉根を歪《ゆが》ませた。

「クッ……香奈恵の中が俺に吸い付くように動いている」

自身を根元まで埋《うず》めた雅之が、吐息まじりに言う。

指とは全く違うものからの刺激に、香奈恵は四肢を彼に絡み付けることで耐えた。

なによりそうして自分を保っておかないと、簡単に達して意識がどこかに飛ばされてしまいそうだった。

彼の昂《たかぶ》りが自分の中を押し広げ、媚肉を甘く擦る。溢《あふ》れる愛液を潤滑油《じゅんかつゆ》にして彼がゆっくりと腰を動かし始めると、頭から爪先まで快楽の波に包まれていった。

「…………はぁっぁあ……っ」

呼吸の仕方を忘れるほどの刺激に、香奈恵は揺さぶられるまま喉を反《そ》らして喘《あえ》いだ。

「気持ちいいなら、ちゃんと言葉で言ってくれ。そうでないと……」

そう囁《ささや》きながら、雅之は腰を激しく穿《うが》つ。

その刺激に脳が痺《しび》れて、なにも考えることができない。

途切れ途切れに喘《あえ》ぎ声を漏らすが、それでは足りないと、雅之はさらに激しく腰を打ちつけてきた。

そうしながら、揺れる胸を揉みしだく。

「あぁっ、はぁあっ……ん」

柔らかな胸の膨らみを激しく揉みしだきながら、熱い屹立《きつりつ》で媚肉を擦られる快感に膣が収縮する。

彼のものが臍《へそ》の裏側のある一点に触れると、香奈恵の肩が跳ねた。

その些細《ささい》な動きを見逃さず、雅之はその部分を集中的に突き上げ始める。

「あっダメぇ……また……っ」

強く込み上げてくる快楽に、香奈恵は髪を振り乱して身悶《もだ》えた。

息もできないほどの愉悦《ゆえつ》に呑み込まれ、自分の意識が白く霞《かす》んでいくのを感じる。

「はぁ――あっ」

自分の中で白い光の塊《かたまり》が弾け飛ぶような感覚に襲われる。

「ック……中が痙攣《けいれん》して……っ」

グッと堪《こら》えるように雅之が眉を寄せるが、すぐに欲望を吐き出すつもりはないらしい。

乱れた香奈恵の髪を整えて頬を撫でると、上半身を起こした。

そして自身を中に沈めたまま香奈恵の腕を引いて体を起こし、自分の腰を跨《また》がせる。

対面座位と言われる姿勢に、これまでとは異なる角度で彼のものを感じ、達したばかりの体はその刺激にも敏感に反応して震えてしまう。

「雅之さぁ……っあぁ」

悶《もだ》える香奈恵が縋《すが》り付くように雅之に脚を絡み付かせる。それに反応するように、香奈恵の中で彼のものが跳ねるのを感じた。

脊髄《せきずい》を通って甘い痺《しび》れが走る。

脱力した香奈恵は、彼の胸に顔を埋《うず》めて深い息を吐く。

しかし雅之は、休息の暇を与えることなく、彼女の腰を掴んで強く揺さぶってきた。

自重も加わって、これまでとは比べ物にならない悦楽《えつらく》が香奈恵を包み込んだ。

「雅之……さ……も、無理………」

息も絶え絶えに訴えても、雅之は行為をやめてくれない。

限界まで膨張した彼のものが香奈恵の奥まで沈み込み、全身を痺《しび》れさせていく。

脳を焼くような強烈な快楽に、言葉にならない声を上げて喘《あえ》いだ。

雅之は香奈恵の腰を掴む手に力を入れ、激しく体を揺さぶりながら、胸の谷間に顔を埋《うず》めて熱い息を吐く。

甘美な刺激が全身を包み、意識がどこかに持っていかれそうになる。

逃げ場所を与えず、ひとしきり香奈恵を攻め立てた雅之は、不意に手の力を緩めた。

脱力した体が、自然とマットレスに倒れ込む。

「あ……っ」

マットレスに倒れ込んだ香奈恵はホッと息を吐くが、すぐに雅之に腰を引き寄せられる。

本能的に彼の攻めから逃れようと、ベッドの上でうつぶせに身を捩《よじ》った。

雅之は無防備に晒《さら》された香奈恵の臀部《でんぶ》を撫でると、背後から腰を掴んで自身を沈めてくる。

凶悪なまでの存在感で膣壁を擦られ、香奈恵はシーツを握りしめて喘《あえ》いだ。

「ああっ、ダメもう……っ」

自我を保てなくなりそうな快楽に、髪を振り乱して喘《あえ》ぐ。

「そろそろ終わらせる。もう少しだけ、俺に溺《おぼ》れていろ――」

荒く掠れた声で囁《ささや》いた雅之は、そのまま激しく腰を打ち付けてきた。

激しく腰を揺さぶられ、自分と彼との境界がなくなり、一つに溶けていくような深い快楽に満たされる。

香奈恵は淫《みだ》らに腰を突き上げて、彼から与えられる快楽を享受する。

もう駄目だと言いながら、腰をくねらせて彼を誘う。

淫《みだ》らな誘いに欲望を煽《あお》られ、雅之は一層激しく腰を打ち付けてくる。

意識が持っていかれそうな快楽の中、雅之が香奈恵の中に深く自身を刻んでいく。

「……っ」

「…………あっ」

薄い膜越しに彼のものが爆《は》ぜた感触、香奈恵は腰を震わせてマットレスに倒れ込んだ。

自分の欲望を吐き出した雅之は、香奈恵を強く抱きしめる。

うっすらと汗を滲《にじ》ませた彼の腕に甘えて、いつもより速い彼の鼓動に耳を澄ませる。肌を密着させている彼にも、香奈恵の鼓動が伝わっているだろう。

愛する人と互いの存在を確かめ合うこの時間が、香奈恵に生きる喜びを与えてくれる。

「どうしようもなく、貴方を愛しています」

「それは俺の台詞《せりふ》だ」

雅之が、香奈恵を抱きしめる腕に力を込めた。

その腕の強さが、本当は離れたくないと語っている。それは香奈恵も同じ気持ちだった。

だから香奈恵は、彼の胸に顔を埋《うず》め、限られた愛おしい時間を堪能すべく瞼《まぶた》を伏せた。

エピローグ　本日は、お日柄もよく

コンコンと、木を叩く心地よい音が部屋に響く。

弄月荘の花嫁専用の控室で、浅く椅子に腰掛けていた香奈恵はノックの音に顔を上げた。

「はい」

香奈恵が返事をすると、扉の向こうから晶子が顔を覗かせる。

「お支度の方、整いました」

そう言って花嫁の控室に入ってきた晶子は、和装の花嫁衣装に身を包む香奈恵の姿にホウッと感嘆の息を漏らす。

そんな彼女の視線の意味を確認するように、香奈恵は自分の脇に置かれている姿見に視線を向けた。

鏡越しに着付けを担当してくれたスタッフが、最後の仕上げといった感じで、香奈恵が羽織る色打掛の襟《えり》元に指を滑らせているのが見えた。

赤い布地に艶《つや》やかな金糸で吉祥紋様が描かれている打掛は、晴れの日を祝うのに相応《ふさわ》しい。

弄月荘で働くようになって数えきれないほど目にしてきた花嫁衣装だが、自分がそれを身につけているのは感慨深い。

「チーフ、おめでとうございます」

視線を戻すと、晶子は改まった口調で祝いの言葉を口にする。

「ありがとう」

普段一緒に働いている晶子に改まった言葉で祝福されるのは、妙に照れくさい。

それでも今日の香奈恵と雅之の式をアテンドしてくれる晶子は、澄ました顔で香奈恵に向かってお決まりの挨拶《あいさつ》を口にする。

「本日はお日柄もよく……」

「今日、仏滅よ」

香奈恵の冷静なツッコミに、晶子は間違えたと、ちろりと舌を覗かせる。

そしてすぐに澄ました表情を取り繕《つくろ》うと、香奈恵に移動を促《うなが》してきた。

控室にいたスタッフにお礼を言って部屋を出ると、晶子はさっきまでの澄ました表情を消し去ってにぱりと笑う。

「チーフ、本当に綺麗です。すごく似合ってます」

わざわざ立ち止まってパタパタと足踏みをしてはしゃぐ晶子らしい仕草に、緊張がほぐれて笑ってしまう。

「ありがとう」

口紅が崩れないようそっと微笑む香奈恵は、窓の外に視線を向ける。

一月、まだぎりぎり松の内と呼べる今日は、社会は平常運転に戻りつつあるが、まだ多少はお正月の雰囲気が残っていて、天高く空は晴れ渡り、澄んだ水色が広がっている。

「本日はお日柄もよく」といった台詞《せりふ》が似合いそうな天気ではあるが、生憎《あいにく》今日は仏滅だった。

それでも、二人の門出《かどで》を祝福するような空の青さに感慨を覚える。

廃止までもう少し足掻《あが》いてみようと奮起《ふんき》してから今日まで、香奈恵は雅之と晶子と共に奔走《ほんそう》してきた。その結果、プチブライダルの予約数は徐々に伸びていき、宿泊客として弄月荘を訪れていた世界的に人気を誇るミュージシャンが、ファンクラブサイトで自身の結婚報告にプチブライダルを利用して撮影した写真を使用したことで、一気に風向きが変わった。

メディアで紹介されて注目を集めた結果、この先半年の予約が埋まった。それが決め手となり、プチブライダルの廃止は見送られることになった。

その上、ゆくゆくはプチブライダルを海外に宣伝したいという香奈恵の思惑を前倒しで実行しようという話になり、香奈恵の海外赴任が決まったのだ。

あまりの急展開に、雅之の海外赴任に随行させるための口実ではないかと訝《いぶか》しんだが、祐一マネージャーの「こういうのは、時流の波に乗っている時に動かないとダメだから」という助言に納得したのだった。

今がその波に乗っている状態というのであれば、迷わず動きたい。

そのための努力は、これまでちゃんとしてきたのだから。

「私が結婚する時も、プチブライダルを利用するつもりです」

隣で一緒に空を見上げていた晶子が言う。

「その前に、相手を見つけなきゃでしょ」

軽い気持ちでからかうと、晶子が意味深にふふと笑う。その表情に、ついに理想の王子様を見つけたのかと思ったら、違うと首を横に振る。

「相手は未定ですけど、四月からは私がチーフになるんだから、結婚する時はプチブライダルを利用するのは当然でしょ」

エヘンと胸を張る晶子に、頼もしいような、不安なような気分にさせられる。

香奈恵の海外赴任に伴い、晶子が次のチーフになることが内定していた。

最初、これからも一緒に仕事がしたいと話してくれた彼女を一人残し、香奈恵と雅之が日本を離れる結果となったことに罪悪感を覚えた。しかし晶子には、「チーフは真面目すぎます」と呆れられてしまった。

良くも悪くもあっけらかんとした性格の晶子は、明るい声で「自分の幸せが一番です」と香奈恵の背中を押してくれたのだった。

「あ、堀江さんだ」

通路の先に新郎の姿を見つけ、晶子が大きく手を振り歩調を速める。

案内すべき新婦を置いてけぼりにして先に行く晶子の背中に、香奈恵はこらこらと苦笑いを浮かべた。

どこか危なっかしい感じが残る晶子ではあるが、急に予約が増えたプチブライダルの対応と並行して、香奈恵や雅之からの引き継ぎも頑張っている。

自分が立ち上げた企画も、教育を兼ねて受け入れたスタッフも、時期がくれば自然と手を離れていくのだ。

抱える荷物が減った手で自分はなにを持てばいいのだろうかと考えれば、答えはすぐに見えてきた。

チラリと視線を落とした自分の左手薬指に、その答えが輝いている。

「チーフ、行きますよ」

本来の役目を忘れた晶子が、こちらを振り向いて笑う。この後輩に、自分の立ち上げた仕事を委《ゆだ》ねて次に進めることが嬉しい。

小さく合図を送って歩みを進めると、その先の階段で自分の到着を待つ雅之がこちらへと手を伸ばしてくる。

その左手薬指にも香奈恵と同じ輝きが見てとれた。

「綺麗だ」

雅之は香奈恵に向き合い、感嘆の息を漏らす。

そんな彼も、紋付袴《もんつきはかま》をモデルと見紛うほど見事に着こなしている。

「雅之さんも、よく似合ってます」

彼の手を取った香奈恵は、恥じらいつつも素直な感想を口にする。

そんな二人の姿に、晶子は自分の頬を両手で包んで「キャ〜」とはしゃいだ悲鳴を上げた。

彼女らしい反応が面白くて二人で目配せして笑っていると、ようやく本来の仕事を思い出した晶子が、小さく咳払いをして口調を改めた。

「ではまずは、この階段の踊り場で写真を撮らせていただきます」

晶子は日本庭園の緑が映える開放的な窓を示す。

その誘導に従って二人並んで階段の踊り場に立つと、カメラマンが階段を下りていく。

そしてカメラを構えて「視線を上にしてください」と指示を出す。その声に従って視線を上げると、上の階の手すりで身を寄せてこちらを見守る一団が見えた。

「……」

その一団の中には、県外に住む香奈恵の両親の顔がある。

真嶋夫人が香奈恵の視線に気付いてヒラヒラと手を振ってきた。その隣で厳しい顔をしているのは堀江元大臣だ。

この後の食事会に備えてきちんと着物を着こなした夫人の、ちゃめっ気のある仕草に表情を緩ませると、それを待っていたようにシャッターを切る音が響く。

晶子が音を立てずに拍手を送り、その動きを真似るように自分たちを見守る両家の家族たちも拍手をくれる。

夫人の隣で渋々といった表情で拍手を送る堀江元大臣は、それでいて時折目頭を手で押さえていた。その姿を見て、真嶋夫人が「愛すべき困ったちゃん」と呼ぶ理由がよくわかった。

通りすがりの人たちも、二人の門出《かどで》に拍手を送っている。

家柄も日取りも関係なく、波紋が広がるように音のない拍手の波が広がっていった。

――本日はお日柄もよく……

その言葉が柔らかな響きを持って心に染みわたる。

自分たちに祝福を送っている人たちに視線でお礼を告げた雅之は、香奈恵へと視線を向けた。

「愛してる。一生俺から離れないでくれ」

頬に触れてそう囁《ささや》いてくる雅之に、香奈恵は「はい」と頷いて唇を寄せた。

捨てられた花嫁はエリート御曹司の
執愛に囚われる
大好評連載中！
（毎月第2水曜日更新）
漫画 小川つぐみ
原作 冬野まゆ
婚約破棄から始まる
極上御曹司との濃密ラブ！
大人気ラブストーリーが
待望のコミカライズ!!
部長の愛情を二百万円分
私に売ってください
…いいだろう
売った
ETERNITY WEBMANGA
エタニティWEB漫画！
無料で読み放題！
他にも人気漫画が多数連載中!!
今すぐアクセス！
エタニティ Web漫画
検索

ワーカーホリックな御曹司・昂也《こうや》。彼の補佐役として働く比奈《ひな》も超多忙で仕事のしすぎだと彼氏にフラれてしまう。このままでは婚期を逃がす…！焦った比奈は、昂也を結婚させ家庭第一の男性にしようと動き出す。上司が仕事をセーブすれば部下の自分もプライベートが確保できると考えたのだ。比奈は、さっそく超美人令嬢とのお見合いをセッティングするが、彼がロックオンしたのは、なぜか比奈!?　甘く迫ってくる昂也に比奈は……

B6判　定価：704円（10%税込）　ISBN 978-4-434-30444-6

結婚を約束した彼との幸せな未来を夢見る絵梨《えり》。ところが、ようやく迎えた婚約披露の日、彼の隣で笑っていたのは何故か自分の後輩だった！　絵梨はどん底まで突き落とされたが、思いがけない転機が訪れる。なんと、偶然知り合った謎のイケメン、雅翔《まさと》から、元カレたちへの“復讐”を提案されたのだ。戸惑う絵梨だったが、気付けば雅翔のペース。彼のおかげで本来の美しさを引き出された絵梨は周囲からも注目を集めるように。しかも雅翔は、会うたび恋人のように甘くて…

B6判　定価：704円（10％税込）　ISBN 978-4-434-28985-9

超過保護な兄に育てられ、23年間男性との交際経験がない彩香《あやか》。そんな彼女に求婚してきたのは、イケメンなものぐさ御曹司だった!? 「恋愛や結婚は面倒くさい」と言いながら、家のために彩香と結婚したいなんて！ 突拍子もない彼の提案に呆れる彩香だったけど、閉園後の遊園地を貸し切って夜景バックにプロポーズなど、彼の常識外の求婚はとても情熱的で…!?

B6判 定価：704円（10％税込） ISBN 978-4-434-24330-1

EB エタニティ文庫

エタニティ文庫・赤

秘書見習いの溺愛事情

冬野まゆ

高校時代、偶然唇を触れ合わせてしまった素敵なビジネスマン。優しげな彼に、下町娘の向日葵は淡いトキメキを抱いていた。それから四年。なんと、彼が重役を務める大企業で秘書見習いとして働くことに！　優しい上司と思いきや、甘くイジワルに向日葵を翻弄してきて⁉

装丁イラスト／あり子

エタニティ文庫・赤

寝ても覚めても恋の罠⁉

冬野まゆ

良家に生まれ、なに不自由なく生きてきた鈴香。大企業の御曹司・雅洸と婚約もしていたが、ある日突然、家が没落してしまう！　それを機に、鈴香は自立するべく彼との婚約を破棄して就職。ところが五年後、再会した雅洸がいきなり求婚してきた！　押しかけ御曹司の極甘アプローチに、鈴香はたじたじで⁉

装丁イラスト／緒笠原くえん

※エタニティブックスは大人の女性のための恋愛小説レーベルです。ロゴマークの色で性描写の有無を判断することができます（赤・一定以上の性描写あり、ロゼ・性描写あり、白・性描写なし）。

詳しくは公式サイトにてご確認ください。
https://eternity.alphapolis.co.jp/

携帯サイトはこちらから！

この作品に対する皆様のご意見・ご感想をお待ちしております。

おハガキ・お手紙は以下の宛先にお送りください。

【宛先】

〒150-6008 東京都渋谷区恵比寿4-20-3 恵比寿ｶﾞｰﾃﾞﾝﾌﾟﾚｲｽﾀﾜｰ 8F
（株）アルファポリス　書籍感想係

メールフォームでのご意見・ご感想は右のＱＲコードから、
あるいは以下のワードで検索をかけてください。

アルファポリス　書籍の感想　検索

ご感想はこちらから

隠《かく》れ御曹司《おんぞうし》の手加減《てかげん》なしの独占溺愛《どくせんできあい》

冬野まゆ（とうの まゆ）

2023年 7月 25日初版発行

編集－本山由美・森 順子
編集長－倉持真理
発行者－梶本雄介
発行所－株式会社アルファポリス
〒150-6008 東京都渋谷区恵比寿4-20-3 恵比寿ｶﾞｰﾃﾞﾝﾌﾟﾚｲｽﾀﾜｰ8F
TEL 03-6277-1601（営業）　03-6277-1602（編集）
URL https://www.alphapolis.co.jp/
発売元－株式会社星雲社（共同出版社・流通責任出版社）
〒112-0005 東京都文京区水道1-3-30
TEL 03-3868-3275
装丁イラスト－アヒル森下
装丁デザイン－AFTERGLOW
（レーベルフォーマットデザイン―ansyyqdesign）
印刷－株式会社暁印刷

価格はカバーに表示されてあります。

落丁乱丁の場合はアルファポリスまでご連絡ください。

送料は小社負担でお取り替えします。


ISBN978-4-434-32296-9 C0093